„Blut und Wein, Glut und Schein"

Ein Kurzroman von Richard Groß

Illustrationen von Sophia Kirst
Cover und Gestaltung von Alex Haida & Clara Specht

Impressum:

Texte: © Copyright by Richard Groß
(richxgross@web.de)

Herstellung und Verlag:
BoD - Books on Demand
In de Tarpen 42
22848 Norderstedt
Deutschland

All that is gold does not glitter,
Not all those who wander are lost,
The old that is strong does not wither,
Deep roots are not reached by the frost.

- J. R. R. Tolkien, *The Lord of the Rings*

A man can not spin a character out of his own
inner consciousness and make it really life-like
unless he has the possibilites of that character
within himself.

- Adrian Conan Doyle

Dead men are heavier than broken hearts.

- Raymond Chandler, *The Big Sleep*

Kapitel 1

Falkenstein veränderte alles.

Ich erinnere mich noch genau an ihren Anblick als ich sie plötzlich vor mir sah: Diese nicht majestätische, aber aus irgendeinem Impuls mir sofort sympathische Veste. Sie war umgeben von einer wogenden Weide, die zu allen Seiten in den Wald mündete, aus dem ich kam.

Der Ritt auf den sanften Hügel von dem sie sich erhob erfüllte mich mit Hoffnung und Zuversicht. Ein paar gesellige Tage, vielleicht ein zwei gute Mahlzeiten und ein Nachtlager, das darauf ausgelegt ist, dass man sich darauf mehrmals zur Ruhe legt – genau das brauchten meine müden Knochen jetzt.

Es war März und die ersten grünen Sträucher und Blumen erwachten. Die Bäume reckten in stillem Triumph ihr erstes, junges Grün der Sonne entgegen und das Unterholz raschelte lebhaft. Mir war nicht ganz so lieblich zumute wie Mutter Natur: Mein Esel Rino und ich hatten einen harten Winter hinter uns.

Im Kreise eines fahrenden Zigeunervolkes waren wir mehrere Monate vom Südwesten in Richtung Zentrum des Landes gezogen. Mein Lautenspiel war ausreichend gewesen, um ihre Sympathie kurzweilig zu gewinnen und sie so zu einem Zweckbündnis zu überreden. Ich unterstützte sie nach bestem Gelingen auf der Jagd und sonstigen Arbeiten und sie erlaubten uns, mit ihnen nachts das Feuer zu teilen. Wir kamen soweit gut miteinander aus, aber letztlich war es wohl am ehesten die zusätzliche Beute meiner Steinschleuder, die Akzeptanz unter ihnen schaffte.

Wir hatten uns vor drei Tagen getrennt – im Sommer komme ich besser allein zurecht – und ich hoffte auf eine bequemere Übernachtung an jenem Abend, als ich mit Rino langsam auf die Burg zu trottete. Der arme Teufel konnte weiß Gott auch eine Auszeit brauchen und ich kraulte ihm den Kopf.

Am Tor angekommen spannten sich dann meine Sinne, die Müdigkeit wich einem hellen Wachgefühl und ich bereite mich darauf vor, auf jede mögliche Aktion passend zu reagieren. Hier würde sich wie stets entscheiden, ob wir überhaupt in die Burg kamen...

Der Pförtner war ein klotziger Geselle mit nahezu vollkommen kahlem Kopf, mehreren Zahnlücken, trüben Augen und riesiger Nase. Er trug ein grau-braunes Wams unter einem leichten Kettenhemd und hielt in der rechten Faust eine Hellebarde mit so eisernem Griff, als sicherte er einhändig einen Schiffsmast an der Bruchstelle. Als läge das Heil der Besatzung zwischen seinen Fingern und Daumen. Ich stieg frühzeitig ab und führte Rino gemächlich auf den Klotz zu, der uns ebenso früh wie breitbeinig den Weg versperrte. "Wer seid ihr und was wollt ihr?", bellte er mit tiefer Stimme.

"Mein Name ist Kaspar Feuerdahn, ich bin weit gereister Spielmann und biete mit Freuden Eurem Herrn meine Dienste an." Demut war stets ein Versuch wert zu Beginn. Dumme Witze oder gar Spott wären hier nicht zielführend.

"Das Fest ist erst in einer Woche...", raunte er mit einer abwertenden Handbewegung, die mir zu verstehen geben sollte, ich solle besser zurück in den Wald kriechen und mit dem Viehzeug im Dreck kauern. Das war zu wenig.

"Ich würde gerne eurem Herrn ein Vorspiel präsentieren. So kann er sich von meinem Können überzeugen." Ich linste an ihm vorbei in den Hof der Burg. Eine leichte Brise wehte mir ein paar Gerüche in die Nase, die ich zu lange nicht gerochen hatte. Und dieser Hohlkopf trennte mich von den warmen Feuern der Burg!

"Willst mich wohl für dumm verkaufen!?", brauste er auf und trat einen entschlossenen Schritt vor. Waren meine Chancen bisher nicht gut gewesen, so waren sie nun schlecht. Ich wich aus Instinkt einen kleinen Schritt zurück und musterte kurz die Zinnen: Keine Armbrüste, durchatmen.

"So hört mich doch an, ich habe stets meine Burgherren durch mein Spiel fabelhaft unterhalten." Das war gelogen, aber nicht unangebracht, schien doch mein Gegenüber selbst alles andere als unfehlbar zu sein. Sein Blick verfinsterte sich.

"Durchfuttern willst du dich... hier einnisten wie die Made im Speck." Er nahm seine Aufgabe ernst. Wahrscheinlich, weil ihm sonst wenig blieb wie meistens bei solchen Kameraden. Ich aber beschloss, jetzt auf keinen Fall zurückzuweichen. Zunächst musste ich Zeit gewinnen, am besten so lange, bis die Auseinandersetzung jemanden auf den Plan rief, der den Klotz zurechtweisen konnte und bei dem meine Sympathien vielleicht besser lagen. Leichte Gegenwehr war also angesagt:

"Unfug! Ich bin der beste Spielmann, den du hier weit

und breit finden kannst und das stelle ich mit größtem Vergnügen unter Beweis.", erwiderte ich bissig. Ob das stimmte, wusste ich schlichtweg nicht, doch das sorgte immer für Aufmerksamkeit.

Bei ihm machte sich jene im Fletschen seiner braun-gelblichen Zähne bemerkbar:

"Jetzt hör mal zu, du - ", ruckartig erstarrte er und seine milchig-blauen Augen klebten an einem Punkt über meiner linken Schulter fest. Meine Ahnung, dass in meinem Rücken etwas über ihm in der Nahrungskette aufgetaucht war, festigte sich, als er sogleich eine demütige Haltung annahm und seine breite Gestalt gen Boden beugte. Ich aber wollte erst sehen, wie groß der Fisch wirklich war, bevor ich in den Dreck kroch. Langsam und leicht gespannt drehte ich mich um.

Kapitel 2

Der Herr, der vor mir im Sattel eines stolzen, prachtvollen Pferdes thronte, machte schon durch seine Haltung deutlich, wie die Rollen verteilt waren. Die etwas grob behauene Krone auf seinem Kopf half allerdings ebenfalls, auf seinen Stand zu schließen. Er trug ein tiefblaues Jagdgewand, das an der gesamten Vorderseite kreuzförmig von blass-goldenem Stickmustern durchzogen war und als Beinkleid geschmeidige Lederelemente enthielt, die leichte Gebrauchsspuren zeigten. Feste Stiefel sowie ein blutroter Umhang umrahmten seine Gesamterscheinung auf dieselbe Weise, in der sein dunkelblonder Bart in sein kräftiges Haar an den Ohren überging. Ich schätze ihn auf nicht älter als dreißig Jahre.

"Was geht hier vor, Ulle?", fragte er ruhig, aber bestimmt, nachdem er mich kurz gemustert hatte und ich seinem Blick nicht ausgewichen war. Während ich noch an dem Gedanken hing, ob ich diesem Grobschlächter einen treffenderen Namen hätte geben können und zu keinem befriedigendem Ergebnis kam, ergriff Selbiger auch schon das Wort und rechtfertigte zittrig und schnell sein Vorgehen:

"Dieser Bettler will sich laben an den Vorräten eurer geliebten Veste wie die Maus am Käse, eure Majestät! Kümmert euch nicht weiter drum, ich werde ihm schon Beine machen!!" Bei seinen letzten Worten baute er sich wiederum auf - ich musste handeln.

"Mein Herr", sagte ich und verbeugte mich leicht, "erlaubt mir zu sprechen."

Es war klar, dass ich in einem Wortgefecht mit dem Kahlkopf keinen guten ersten Eindruck machen würde. Viel wirkungsvoller war es, mich gleich an den Herrn des Hauses zu wenden, war er doch von vornerein mein Ziel.

"So sprich.", antwortete er.

"Ich bin der famose Kaspar Feuerdahn, des Landes kühnster Spielmann und Bote von Heldentaten der tapferen Recken und holden Prinzessinnen unserer und vergangener Zeiten und biete euch freudig meine Dienste an." Bei den Herren hoch zu Ross kam ein kecker Ton von Seiten eines Spielmanns wesentlich besser an. Im Dreck kroch schließlich jeder vor ihnen und so entschied ich mich für diese Art von Vorstellung. Ähnlich wie man den ganzen Ast des Baumes auch stärker schüttelt, als einen einzelnen Zweig, um unbeschadet an dessen Früchte zu gelangen.

Außerdem war dies einer der wenigen Wege, mich ihm zu

nähern und seine Zuneigung zu gewinnen. Ich tat dies wohl eher weniger durch mein dunkelrotes Stirntuch oder meine Landstreicher-Kleidung, die ich selbst aus grünen, braunen und schwarzen Flicken und Lederresten zusammengenäht hatte.

"Das sind große Töne, die Ihr da von Euch gebt...", sagte er mit vor Zweifel gerunzelter Stirn. Grübelnd fasste er sich das Kinn, ohne mich aus den Augen zu lassen. "Und doch wäre ein Spielmann zum Fest eine wahre Bereicherung. Doch zuerst werdet Ihr euer Können unter Beweis stellen müssen!" Meine Miene hellte sich auf.

"Es wäre mir eine Ehre und ein Vergnügen, eure Majestät! Wann beliebt es Euch?"

"Ich will ein Bad nehmen und mein Gewand ablegen. Dann will ich euer Vorspiel hören. Wartet auf mich im Thronsaal zur Mittagsstunde."

"Habt tausend Dank, mein Herr!" Ich verbeugte mich erneut, diesmal tiefer als bei meiner Begrüßung und musterte nochmal geschwind ihn und seine Gefolgschaft von fünf Mann, als sie vorbeizogen. Sie hatten ein Reh und zwei kleinere Wildschweine erlegt, wahrscheinlich eine wesentliche Wurzel für die gute Laune des Königs. Dann griff ich Rino am Zügel und herzte ihn kurz, bevor ich galant vorbei an Ulle in die Toröffnung schritt. Er gab mir ein "Ich beobachte dich, Zigeuner..." mit geschlossenen Zähnen auf den Weg gepaart mit einem Blick von der Sorte, die der Fleischer seinem Gehilfen gibt, wenn ein gutes Stück Fleisch fehlt, Beweise für den Dieb aber auch.

"Das will ich doch hoffen, mein Freund!", gab ich munter mit einem Kopfnicken zurück. "Schließlich lebe ich davon..."

Kapitel 3

Im Innenhof der Burg herrschte reges Treiben. Irgendwo schlug ein Schmied eine Klinge und ein kleines Dorf aus zusammengezimmerten Hütten und Zelten bot einen geschäftigen Eindruck. Offenbar war Markt und der Platz des Hofes wurde bis in seine Winkel voll ausgenutzt. Kinder und Hühner tobten am Boden, Verkäufer preisten lautstark ihre Waren an und ich drängte mich stückweise durch den Strom von Menschen, die wie Ameisen in einem Bau durcheinander liefen.

Nachdem ich so die emsige Masse durchquert hatte, ließ ich mich am anderen Ende der Burgmauern neben dem Stand eines Korbflechters nieder, band Rino an einem der Zeltpfosten fest und sackte mit dem Rücken zur Mauer auf den Hosenboden nach der langen Reise. Ich fühlte mich gut. Reinzukommen war das Wichtigste gewesen fürs Erste und bei Vorspielen wurde ich bislang eher selten fortgeschickt, wobei zweimal der Met eine nicht unerhebliche Rolle gespielt hatte.

Ich lehnte den Kopf an die Mauer und schloss die Augen. Wasser würde mir gut tun. Doch eine Rast war genug für jetzt. Ich ließ den Blick über die Leute schweifen und versuchte die Anlaufstelle zu finden, die mich in den

Thronsaal zum nächsten Schritt - meinem Vorspiel –
bringen würde, konnte aber nichts erkennen. Zu lebhaft
war die Menschenmenge vor mir. Natürlich würde ich
suchen müssen, doch ich hatte wohl ein wenig Zeit ob der
hoheitlichen Reinigung. Also beschloss ich, ein bisschen
mehr zu lernen über die Veste Falkenstein und seine
Bewohner. Idealerweise bekäme ich sogar Erkenntnisse
über den König, die meine Chancen beim Vorspiel
erhöhen könnten. Schließlich weiß man nie...

Der Korbflechter, der nicht gesehen hatte, wie ich Rino
angebunden hatte, war ein guter erster Ansatz hierfür.
Ich schlenderte vor seinen Stand, der mit einem groben,
dunkelblauen Leinentuch abgedeckt war, und ließ
meinen Blick über die verschiedenen Körbe aus Schilf
und Weidenzweigen wandern. Er selbst war vertieft in
der Arbeit an einem neuen Exemplar, das er auf den
Knien abgelegt hatte und gekonnt zwischen seinen
Fingerspitzen in einer fließenden Bewegung um die
eigene Achse drehte.

Als er mich bemerkte, hellte sich seine Miene kurz auf
und er fragte: "Kann ich Ihnen helfen, junger Mann?"

"Ich würde mich ganz gerne erstmal in eurer kunstvollen
Sammlung umschauen, wenn es recht ist..."

"Oh, bitte!" Er winkte mich einladend zu sich. Die

zurückgekrempelten Ärmel seiner Arbeitskutte offenbarten sehnige Unterarme und – soweit ich das durch einen kurzen Blick erhaschen konnte – raue Fingerkuppen, was im Einklang stand mit seinem vielfältigen Sortiment und von großer Hingabe für sein Handwerk zeugte. Hier lag mein Einstieg.

"Ihr habt den richtigen Beruf gewählt, mein Freund."

"Nun, mein Vater hat mich als ich noch ein Kind war in das Handwerk eingeführt. Ich mache es seit nunmehr fünfzehn Jahren!"

"Stets hier auf Falkenstein am Markt?"

"Ja, mein Vater hielt den Stand schon und ich führe sein Werk fort. Tatsächlich sind manche Körbe hier sogar noch von ihm!"

"Nun, ich bin viel herumgekommen und habe selten eine solche Auswahl gesehen. Ich selbst bin Spielmann und gleich zum Vorspiel geladen bei eurem König. Sagt, könnt ihr mir Näheres erzählen über ihn?"

Er fuhr sich mit den Fingern den Kiefer entlang. "Gesprochen habe ich König Daniel nur zweimal bisher, doch die Leute hier reden gut von ihm! Auch diesen Winter hat er wieder gut gesorgt für die Bewohner der Veste. Mein Vetter war einst in einem Streit um Farmland bei ihm und bekam dank seines Urteils den ihm zustehenden, gerechten Anteil. Er kümmert sich um sein Volk. Und wer kann das heute noch sagen?"

Das gefiel mir. Ich war länger nicht in einem Königreich gewesen, wo Leute so über ihren König reden, ohne dass sie ihn in ihrer Nähe wissen. Einzelheiten, die in meine Liedwahl münden konnten, lieferte mir das jedoch nicht. Wie erwartet blieb der direkte Weg.

"Könnnt ihr mir Näheres erzählen über Vorlieben von ihm, die ich in meinem Vorspiel verwenden könnte?"

"Nunja, er geht das ganze Jahr über leidenschaftlich auf die Jagd und verteilt Reste vom Festmahl stets an Leute seiner Wahl. Mehr kann ich Euch wirklich nicht sagen."

"Ich danke Euch, mein Freund. Sagt, was wollt Ihr für diesen gewebten Talisman hier?"

"Zwei Heller."

"Ich befürchte, das übersteigt meine bescheidenen Mittel. Ich werde jedoch bei Gelegenheit Eure Handwerkskunst empfehlen und ein gutes Wort für Euch einlegen, wo es mir möglich ist. Sagt, mein Freund, wie heißt Ihr?"

"Manfred Diebenstock. Und Ihr, Spielmann?"

"Kaspar Feuerdahn. Gehabt Euch wohl und auf bald, mein Freund!"

"Gott sei mit Euch!"

Ich drückte seine Hand und zwinkerte ihm kurz zu, eine

fast reaktionsartige Marotte von mir, über die ich fast keine Kontrolle habe und auch stets erst im Nachhinein Gedanken verliere. Ich ging zurück zu Rino – er hatte sich hingelegt und eingerollt – und klopfte ihm auf den Rücken.

"Ich glaube, wir kommen zurecht hier, alter Freund." Dann prüfte ich, ob sich jemand meinen Sachen genähert hatte, da Rino Derartiges immer wieder mal entgangen war: Alles an Ort und Stelle, gut. Ich drehte mich von der Mauer zur Menschenmenge und ließ den Blick über den Markt gleiten angefangen von Manfreds Stand zu meiner Linken über das geschäftige Zentrum, von dem ich gekommen war, bis zu den Vorbauten des Bergfrieds weit zu meiner Rechten.

Ich suchte nach einem Vertreter des Königs, der mich zum Thronsaal bringen würde. Immerhin war dieser Punkt noch unklar und vom großzügigen Daniel nicht vertieft worden. Abgesehen von ein paar Soldaten sowie den Wächtern vor den Toren des Bergfrieds wurde ich nicht fündig. Dort wäre als letzter Ausweg Auskunft zu holen, wahrscheinlich aber in der Art und Weise des freudwilligen Ulle vor dem Eingangstor.

Besser wäre ein Vertrauter des Königs oder zur Not auch ein Geistlicher, wobei ich im Disput mit letzterem Stand schlechte Erfahrungen gemacht hatte in letzter Zeit. Aber mit des Königs Wort könnte es auch über die Wachen gehen. Mit dieser Entscheidung ließ ich mich wieder nieder an der Mauer im Gedanken an mein inneres Zeitgefühl, welches mir noch etwas Wartezeit einräumte. Ich beschloss, einfach mal den Leuten nachzuschauen und auf mich zukommen zu lassen, was auch immer kommen sollte.

Kapitel 4

Was ich so sah, imponierte mir. Die Leute sprangen grundsätzlich freundlich miteinander um hier und ich erkannte dasselbe Muster meines geselligen Nachbarn immer wieder. Ich grinste hin und wieder mich passierende Geschäftsleute und Händler, Bauern und Handwerker an. Ganz besonders aber den Mönch, der erhaben mit den Händen in den Ärmeln und der Nase in den Wolken an mir vorbeischritt und mich eines kurzen, schnippischen Blickes würdigte. Wie ein Seiltänzer, der für einen Moment in die Tiefe linst. Dies meißelte meinen Entschluß, mein Glück später bei der Wache zu probieren, in Stein. Mit diesen Kameraden ließ sich nicht gut reden, das hatte sich wiederholt erwiesen, obwohl ich an eine höhere Macht glaube.

So erholte ich mich eine Weile, mit einem Bein leicht aufgestellt, dem Handgelenk darauf ruhend und dem Anderen angewinkelt auf der Erde. Gelegentlich tätschelte ich Rino den Kopf, der sich links von mir zusammengekauert hatte und in den Mittag döste. Aus diesem Zustand begab er sich auch nicht, wenn ich ihn antippte, um einen besonders schrägen Vogel des Marktes herauszuheben. Auch mir tat die kurze Rast gut, doch schon bald darauf wich meine Zufriedenheit über den erfolgreichen Eintritt in die gemütliche Burg, in der ich mich eben kurz gesonnt hatte, dem Reiz, diesem König Daniel zu zeigen und zu beweisen, dass auch ich Einiges zu geben habe.

Daher sprang ich auf und führte Rino mit sanftem Druck zurück ins Hier und Jetzt, bevor wir schräg über den Markt in Richtung des imposanten, jedoch nicht klotzigen Bergfrieds los trotten konnten. Die Torwache dort, die im Vergleich zum charismatischen Wächter des Burgeingangs wesentlich vollere Haarpracht unter einem Eisenhelm offenbarte, verschränkte die Arme vor der Brust, als er mich sah. Er sagte jedoch erstmal nichts, sondern hielt lediglich seinen Blick auf mich geheftet. Ich ließ Rino ein gutes Stück entfernt Platz nehmen, sortierte ruhig noch ein, zwei Sachen an meinen Taschen und warf mir meine Laute um. Langsam ging ich auf ihn zu. "Mein Herr, König Daniel erwartet mein Vorspiel im Thronsaal, darf ich eintreten?"

Er musterte mich kurz mit prüfendem, aber nicht feindseligem Blick und gab dann zur Antwort: "Ohne Weiteres kann ich Euch hier nicht rein spazieren lassen. Wenn der König zustimmt, dürft Ihr eintreten, Spielmann." Das war zu erwarten und nachvollziehbar und so entgegnete ich ihm:

"Vielen Dank, ich werde warten." Unsere Blicke ruhten kurz aufeinander, dann nickte ich kurz und drehte ab. So weit, so gut.

Ich ging zurück zu Rino und beschloss, mich warm zu spielen. Das würde beim Vorspiel helfen und zudem die Wache überzeugen, dass ich nichts im Schilde führte. Die Frühlingssonne stieg am Himmel auf, während ich ein wenig durch meine Stücke sprang. Da ich abgesehen von seinem Namen nichts Genaueres über König Daniel in Erfahrung hatte bringen können, würde ich wohl beginnen mit einem allseits bekannten und beliebten Lied über einen namenlosen Ritter, der eine wunderschöne Königstochter aus den Fängen einer Räuberbande befreit und deren Häuptling im Zweikampf besiegt.

Ich spielte dieses Stück seit meinen Anfängen und schnitt in der Übung lediglich die Einleitung kurz an, als ein Vertreter des Königs mir Bescheid gab. So warf ich mir die Laute über die Schulter und dankte der Wache, denn er nickte meinen Wunsch ab, ein Auge auf Rino und mein Hab und Gut zu haben, solange ich weg war. Nach meiner Vorstellung beim Botenjungen des Königs folgte ich ihm durch das schwere Tor in einen weiten und dunklen Gang, in dem sich zu beiden Seiten Gänge abzweigten und an dessen Ende wir an eine steinerne Wendeltreppe gelangten. Oben angekommen, eröffnete sich mir der Anblick des Thronsaals in voller Pracht:

Die Wände waren mit schweren Vorhängen und Teppichen ausgehängt, die allesamt kunstvoll gewebt waren. Außerdem zierten die Stellen zwischen den Teppichen allerlei Jagdtrophäen, die des Königs Eifer erahnen ließen. Am beeindruckendsten in der Sammlung über dem Thronpodest am gegenüberliegenden Ende des Saals war ein riesiges Hirschgeweih unmittelbar über dem Königssitz. Über der Tafel hing ein runder hölzerner Kronleuchter, der das Gesamtbild eines festlichen und doch warmen Raumes vervollständigte, der sicherlich schon gute Gelage und Feste gesehen hatte.

Auch, weil es ungewohnt sauber war – immerhin hatte ich schon so manchen Festsaal gesehen – pfiff ich leicht durch die Zähne, als ich mich umschaute. "Das Königspaar wird in Kürze eintreffen, um Euer Spiel zu hören.", sagte der Junge flott, trollte sich, bevor ich ihm ein "Hab Dank, mein Freund!" mit auf den Weg geben konnte und ließ mich so mit den zwei Wachen an der Tür alleine im Saal zurück.

Kapitel 5

Ich setzte mich auf die wenigen, steinernen Stufen und schaute mich ein wenig mehr um, bis der König samt Gattin eintrat, jedoch in kaum festlich, sondern vielmehr schlichtem Gewand und ohne Krone. Dem Anschein nach war er kein Angeber und er beteiligte seine schöne Frau an der Musikbewertung. Das fing an, mir zu gefallen.

"So denn, Spielmann!", begann er munter. "Ich habe meiner Frau Orianne des Landes kühnsten Barden versprochen. Wir wollen sehen, ob ihr Wort halten könnt."

Ich beugte mich tief auf mein rechtes Knie und blickte zur Königin.

"Meine Herrin, es ist mir eine Ehre." Gewann ich sie, gewann ich Falkenstein.

Ich startete ohne weitere Worte, schnell und direkt mein Lied, denn für Burgherren war Zeit immer knapp. Meine Art des bekannten Stückes baut auf einen schnelleren Rhythmus, der mir bei jedem Spiel durch den ganzen Körper zu gehen scheint, das Lied jedoch nicht im ersten Moment erkennen lässt. Doch bei dem bekanntesten Vers kam Ihnen die Erleuchtung und ihre Mienen öffneten sich mir etwas mehr. Dies wiederum verlieh mir zusätzlichen Schwung und ich ließ die Melodie nach dem zweiten Vers etwas gemächlicher und leiser weiterlaufen, um darüber das Königspaar direkt zu adressieren nach Wünschen. Ein Trick, der mir oft genug einen Platz zum

Übernachten oder eine warme Mahlzeit beschert hatte.

"Nun liegt es an Euch, mein Herr und meine Herrin der stolzen Veste Falkenstein... wonach steht Euch der Sinn?" Mein Blick sprang kurz zwischen den beiden und ich befürchtete schon das Schlimmste – ein zu langes Zögern ob der Überraschung – als die Königin das Wort ergriff mit einem Wunsch nach der Sage der legendären Tafelrunde des König Artus. Da ich selber seit jeher großen Gefallen an der Geschichte habe, finden sich einige Lieder dazu unter meiner Auswahl, von denen ich eine ruhige Ballade über Lanzelot vom See als Erstes wählte. Diese fand vor allem bei den Damen stets großen Anklang.

Ich gab mein Bestes und Königin Orianne schien glücklicherweise keine Ausnahme zu sein. Später konnte ich auch König Daniel durch einen düsteren Gesang zu den Kreuzzügen ins Heilige Land gewinnen, denn er hob die Hand und sagte laut:

"Genug! Ihr versteht eure Kunst, Spielmann und ich gestatte Euch, an den zwei Festabenden meine Gäste zu unterhalten und bis dorthin auf Falkenstein zu bleiben. Mein Vertrauter Konrad wird euch eine Kammer im Westturm zuteilen und Ihr sollt abends ein Mahl erhalten. Genaueres über unsere Abmachung können wir getrost morgen besprechen."

Jedes dieser Worte war pure Erleichterung für mich. So hatte ich Zeit, um über meine Vergütungsansprüche zu grübeln, würde endlich mal wieder besser schlafen und - nach Wochen voll karger Waldnahrung - vor allem etwas Nahrhaftes essen. Freudig erwiderte ich:

"König Daniel, Königin Orianne, ich danke Euch zutiefst für eure Großzügigkeit." Nach einer tiefen Verbeugung entfernten sich die beiden, während ein Vertrauter des Königs - wahrscheinlich jener Konrad – sich mir näherte. Tatsächlich stellte er sich als Selbiger vor und führte mich zurück zur Wendeltreppe. Unten bei der Wache angekommen, dankte ich abermals für die Beaufsichtigung von Rino und zog ihn dann auf alle vier, jedoch nicht, ohne ihm vorher den Kopf zu kraulen.

"Ich führe Euch zu Eurer Bleibe, folgt mir." , sagte Konrad über die Schulter und ging los in Richtung Westturm, der vorbei an dem Korbstand links auf der anderen Seite des Bergfrieds lag und diesen an Höhe sogar leicht überragte aufgrund des Anstiegs des Felsfundaments. Eine kleine Marktgasse führte den Weg dorthin und bereits aus der Ferne war zu erkennen gewesen, dass es ein vortrefflicher Aussichtsturm war mit spitzem Dach und ringförmiger Holzkonstruktion. Zu beiden Seiten des leicht ansteigenden Weges ragten Stände mit Vorzelten hervor, die geschickt an die Burgmauern angepasst worden waren.

Ich führte Rino hinter Konrad her und fragte am Turm angelangt, wo ich meinen treuen Begleiter denn am besten lassen könnte.

"Die Ställe sind auf der Außenseite der Veste, westlich des Tores. Dort findet Ihr sicher einen Platz für Euer Zugtier." Hierfür unterbrach er seine Fummelei mit dem Schlüssel für die Eingangstür des Turmes und drehte sich zu mir mit einem Fingerzeig über den gesamten Burghof in die Richtung, wo sich die Pferdeunterkünfte – wenn auch momentan nicht sichtbar – im Schatten der Burgmauern befinden mussten. Ich nickte und klopfte ihm zum Dank leicht auf den Rücken. Falkenstein bewarb sich für einen guten Auftritt von meiner Seite.

Wir stiegen den Turm nach kurzem Plausch mit einem Wachmann ungefähr drei Etagen hinauf und er öffnete eine Tür, die fast auf der Treppe lag und den Eingang zu einer schmalen, aber ausreichenden Kammer bildete. Der Raum bog sich von der Tür nach links entlang der Außenseite des Turmes, hatte ein Fenster und endete in der Ecke mit einer Holztruhe sowie einer Liege mit zwei Schafsfellen darauf. Auf dem Boden lag ein grober, alter

Teppich und an der Wand rechts neben der Tür war eine Fackel angebracht. Ich nickte langsam bei diesem Anblick: Der Raum war nach meinem Geschmack. Vor allem gefiel mir, dass ein Blick durch die Tür nicht den ganzen Raum sofort bloßstellte und da sich die Liege im zunächst verborgenen Teil der Kammer befand, fühlte ich mich gleich wohler.

"König Daniel erwartet Euch morgen früh, um Näheres zu Eurer Übereinkunft festzulegen."

"Bekomme ich keinen Schlüssel für die Kammer?", fragte ich geschwind, denn das wäre selbstverständlich beruhigend in vielerlei Hinsicht.

"Diese Kammer hat kein Schloß, sie dient den Wachleuten lediglich als Nachtlager." Bei dem Gedanken wurde mir etwas mulmig zumute.

"Und die Eingangstür unten?"

"Wird Tag und Nacht mit einem Wachposten besetzt."

"So muss ich mich den Herren vorstellen, damit ich Zugang zu meiner Kammer bekomme?"

"Ich werde den Wachen über Euer Bleiben Bescheid geben, Spielmann." Damit konnte ich leben.

"Vortrefflich, mein Freund!"

"Ich muss nun weiter, Spielmann..." Er streckte die Hand aus. "Willkommen auf Falkenstein."

Ich gab ihm einen herzlichen Händedruck. "Habt Dank, mein Freund. Und nennt mich Kaspar."

Er ging zur Tür hinaus die Treppe hinunter und ich begutachtete mein Zimmer etwas ausführlicher. Es war gut. Ich würde hier meine Stücke üben können, es könnte allerdings kühl werden nachts, da das Mauerwerk dem Ostwind direkt ausgesetzt war und keinerlei Wandteppiche das Eindringen der Kälte verhinderten. Doch wurde der Frühling ja auch mit jedem Tag stärker und allein die Liege als Nachtlager stimmte mich guten Mutes, denn es war allemal besser als der kalte Waldboden.

Nach einem kurzen Blick aus dem Fenster auf die Weide und den Waldanfang, ging ich wieder hinaus auf die Treppe, um meine Sachen zu holen und mich auf den Verbleib hier einzurichten, als mich eine Laune überkam: Aus Neugier beschloss ich, den Turm zunächst weiter nach oben zu erkunden. Schließlich war niemand in der Nähe und die Gelegenheit somit günstig, um zu testen, wie weit ich wohl kommen würde.

Ich lauschte kurz, konnte aber nichts Auffälliges hören und begann rechts die Treppe hinaufzusteigen. Nachdem ich dann ein paar Türen passiert hatte, die wohl alle in ähnliche Kammern wie die Meinige führten, gelangte ich schließlich an eine Holzdecke mit einer Art Falltür, die das Ende der Wendeltreppe markierte. Ich pirschte mich so nah wie möglich heran und prüfte kurz das Scharnier: Die Tür ging nach oben auf und führte zweifellos in einen runden Aussichtsraum, der von der Holzkonstruktion ummantelt und zu allen Richtungen mit Sichtfenstern versehen war.

Gerade in dem Moment, als ich zurückweichen wollte – ich sollte zu Beginn mein Glück schließlich nicht zu sehr herausfordern – erklang über mir eine leicht gedämpfte Stimme, begleitet von ein paar Schritten.

"Ich weiß nicht, Tom, findest du ich hätte das Zeug dazu?" Ich erstarrte kurz und überlegte, zu türmen. Andererseits interessierte mich, ob Tom dachte, er hätte das Zeug dazu oder nicht. Den Schritten und der Stimme nach zu ordnen waren die beiden Wachposten – sofern es nur zwei waren – ein gutes Stück von der Falltür entfernt in einem der Aussichtserker. Ich neigte den Kopf leicht zur Seite. Also, Tom?

"Sagst doch immer, du willst was erleben, anstatt dir hier die Beine in den Bauch zu stehn."

Der gute Tom klang deutlich älter und rauer, sein Gesicht hatte wahrscheinlich mehr Winter und sein Rachen mehr Wein und Met gesehen als sein Kamerad.

"Musst du schon selber wissen. Ich an deiner Stelle wüsst' was ich mache."

"Was, Tom?"

"Ein Jungspunt wie du muss hinaus in de Welt. Ich konnt als Jung meine arme Mutter nit allein lassen. Und König Daniel wird dir sicher n rechten Auftrag zur rechten Zeit gebn, braucht doch Boten grad."

"Du hast Recht, Tom. Ich wills versuchen. Der König wird mich schon nicht in Gefahr bringen..."

"Wenn dich einer in Gefahr bringt, dann du und deine neugierge Nas. Und wenn du dich auf eins verlassen kannst, dann auf das Wort unsres Königs."

"Recht hast du, Tom. Wenn er Boten braucht, so will ich helfen, wo ich kann."

Das reichte mir. Daniel schien tatsächlich so beliebt zu sein, wie es der Korbflechter gesagt hatte. Als die beiden Wachen über etwas anderes zu reden begannen, tastete ich mich flott an die Wand und stieg möglichst schnell und geräuschlos zurück zum Eingang meiner Kammer. Dort lugte ich kurz hinein, um alles unverändert zu finden, und schloss dann die Tür, um meine Sachen von unten zu holen. Mit Eifer schickte ich mich an, meine Kammer zu beziehen für die nächsten Tage, die viel für mich bereit halten sollten.

Am nächsten Morgen klärte ich mit König Daniel ohne Probleme meinen Lohn, bei dem ich ihm etwas entgegen kam und für meine Dienste lediglich 300 anstatt der für mich üblichen 400 Heller verlangte, da er mich so gastfreundlich empfangen hatte. Ich war für zwei Abende vorgesehen zum alljährlichen Feste des Königspaars und versicherte ihm meine volle Hingabe. Mein Eindruck von ihm deckte sich mit dem Bild der Burgbewohner und nach allem, was ich über ihn gehörte hatte bisher, wollte ich seine Großzügigkeit erwidern. Wir verstanden uns auf Anhieb. Dieser König der einfachen Leute würde schon die richtige Verwendung für 100 zusätzliche Heller haben, dachte ich mir.

Außerdem würden mich auch 300 Heller sicher zur nächsten Burg bringen, wo auch immer diese liegen sollte.

Kapitel 6

Ich verbrachte die Tage bis zum Fest mit Rundgängen um den Burghof, erkundete die Umgebung kreuz und quer und spielte wann immer Treiben auf dem Marktplatz herrschte. Dies brachte mir nicht nur den ein oder anderen Heller oder Bissen ein, sondern ließ mich vor allem viel mit den Leuten reden und so manche Bekanntschaft machen. Außerdem spielte ich einige Male vor dem Königspaar, meist zu Abend und konnte so meine Bindung zu Ihnen stärken. Zu Abend bekam ich stets eine warme Mahlzeit und trank mit Soldaten, Bauern und Trinkern im Felsenkeller oder draußen am großen Feuer. Hierbei gefielen mir selbst die Mönche ganz gut. Wie Mutter Natur blühte ich in meinem ganzen Wesen auf, der Winter war vorbei.

Glücklich darüber, für eine Weile an einem Ort angekommen zu sein, wo man sich hilft, scherzt und immer mal seinen Krug hebt, fühlte ich mich frei und freute mich auf die kommende Zeit. Ich spürte neue Kraft in mir aufsteigen und spürte vorübergehend ein Gefühl von Heimat, vermisste nichts. Ein voller Magen, Gesellschaft und ein Faß, was braucht es mehr?

Den guten alten Rino versorgte ich gelegentlich mit

frischem Heu, das mir freundlicherweise ein Bauer namens Martin Grobenholm überließ, mit dem ich Freundschaft über seinem im Morast festgesteckten Karren geschlossen hatte auf einer meiner Wanderungen. Wenn es regnete, übte ich auf meiner Kammer, in die nie ein Wachmann kam, meine Stücke oder erprobte meine Zielfähigkeit mit der Schleuder durch das Fenster auf den Stamm einer einsamen Eiche draußen auf der Weide. Diese Zielübungen hatte ich zunächst im Zimmer begonnen, dies jedoch nach einer Nacht im Felsenkeller und einem kernigen Querschläger auf die Fackel an der Wand verworfen.

Manchmal lag ich auch einfach auf den Schafsfellen und dachte an Vergangenes, Freunde, die gekommen und gegangen waren, Leute, mit denen ich reinstes Glück erlebt hatte und andere, mit denen ich in den Krieg zog. In diesen Stunden träumte ich von Orten, von Essen und von Frauen. Wenn es kalt wurde bei Nacht, wickelte ich mich in mein Widderfell, welches mir ein bescheidener Burgherr aus dem hohen Norden einmal zum Dank für mein mehrtägiges Spiel gegeben hatte. Es hielt mich immer warm und hatte mich in so manch eisiger Nacht im Wald vor dem Schlimmsten bewahrt. Was hätte ich mit Hellern oder gar Schillingen in den Taschen gefroren!

Schließlich kam der große Tag. Ich hatte etwas länger geschlafen, nicht zuletzt wegen eines kurzfristigen Ausgangs, der im Felsenkeller geendet hatte. Gerade, als ich dabei war, ein paar zusätzliche Verse über das Königspaar zu einem bekannten Volkslied hinzu zu dichten – dies sorgte immer für viel Gelächter und Heiterkeit – klopfte es kurz an meiner Tür und Konrad schob seinen Kopf um die Ecke.

"Kaspar", begann er," König Daniel will dich nochmal sprechen vor deinem Spiel."

"Ist gut, Konrad. Sofort?"

"Ja. Und eile dich, er ist sehr beschäftigt mit den Gästen und allem."

Also zog ich mir schnell meine Lederläufer über, während Konrad sichtbar unruhig in der Tür wartete und wir dann zum Bergfried eilen konnten. Die ganze Burg war auf den Beinen und in heller Aufregung, die kommende Ankunft der Gäste war allgegenwärtig und in aller Munde. Ich sah einen Bäcker lauthals schimpfen mit seinem Gesellen, der sich rasch duckte, als die Brotschaufel von der Hand seines Meisters haarscharf über seinem Kopf krachend in ein Holzregal schmetterte.

Ich hob die Brauen und konnte im Vorbeigehen als Grund wohl nur meinen, dass sich eben jeder von der besten

Seite zeigen wollte.

König Daniel sprach mit mir kurz den geplanten Ablauf der Festlichkeiten durch, wirkte aber gefasster und etwas entspannter als seine aufgescheuchte Gefolgschaft. Ich sollte nach dem Essen spielen, was mir gut passte, denn eine hungrige Zuhörerschaft war stets schwerer zu begeistern.

Außerdem bedeutete dies, dass ich an der Tafel teilnehmen konnte, was auch nicht immer gegeben war bei meinen Vorspielen. Zum Schluss versprach ich ihm wiederholt mein Bestes zu geben und er schaute mir beim festen Händedruck ebenso fest in die Augen, bevor er weiter eilte in Richtung Küche. Als ich die Treppe hinunter schlenderte und durch das schwere Eichentor die wenigen Stufen hinab pendelte von einem Bein aufs andere, fühlte ich mich mal wieder bestätigt in meiner Wanderschaft bei dem Blick auf den lautstarken Ameisenhaufen vor mir auf dem Burghof. Mein Handwerk befreite mich von all dieser Hektik, es folgte einem anderen Takt und ich hatte bis auf Weiteres nichts vor.

Ich atmete tief ein und setzte mich kurz auf eine der oberen Stufen, sodass eine der Wachen argwöhnisch zurück über die Schulter linste. Unbeirrt davon schaute ich weiter geradeaus auf den Burghof und stand nach kurzer Zeit auf, als ein ansehnlicher Tross soeben durchs Burgtor einlief. Um den geschicktesten Weg durch die veränderte Burglandschaft im Ausnahmezustand zu finden, überblickte ich noch einmal die Szenerie, während nicht weit von mir nach und nach die Gefolgschaft eines Gastes in den Hof der Burg kroch, langsam und zäh wie fließender Honig.

Ich trat den Weg zurück zum Westturm an und schickte mich an, durch eine Lücke zu schlüpfen, die sich im ankommenden Tross gebildet hatte. Dabei ließ ich kurz den Blick nach rechts gleiten, um nicht von einem Pferd erwischt zu werden. Und da sah ich sie.

Kapitel 7

Sie hatte einen kunstvollen Zopf im braunen Haar und ritt auf einem stattlichen Schimmel zur Rechten von einer Frau von klar adeliger Anmut und Kleidung. Ich wurde unbewusst langsamer in meinen Schritten und etwas traf mich, als sie mich kurz anblickte vom Gespräch mit der königlichen Dame, womöglich ihrer Mutter. Sie sah kaum jünger als ich aus, vielleicht zwanzig, einundzwanzig Jahre alt. Unsere Blicke trafen sich jedoch nicht lange, da sie sogleich wieder ihr Gesicht zu ihrer Mutter oder Königin wandte, wenn auch mit leicht veränderter Miene. Ich musste mich dann ein wenig schicken, um noch vor dem Ross der Hoheit den Weg zu verlassen, blickte ihr jedoch über die Schulter nach, als sie vorbei schwebte. Falls sie dasselbe tun sollte, hatte ich vielleicht auch ihr Gefallen erweckt. Sie tat es nicht. So schüttelte ich mich kurz, richtete meinen Blick wieder nach vorne und riss mich los, um mir den Weg zu meiner Kammer zu bahnen durch den Strom von Gesichtern vor meinen Augen und mit einem Antlitz im Kopf.

In meiner Kammer angekommen machte ich die Verse über König Daniel und Orianne fertig und befand sie als gewagt, wenn auch nicht zu weit gehend. Meine geliebte

Narrenfreiheit war stets ein zu fabelhafter Spielplatz, um sich nicht darauf auszutoben. Danach arbeitete ich weiter an den wichtigsten Elementen meiner Hauptstücke auf der Laute sowie der Flöte. Gerade auf der Laute ist eines meiner Markenzeichen ein schnelles, fast trommelgleiches Zupfen einer Saite inmitten der Melodie, ohne deren Fluß erheblich zu stören.

Seit Jahren arbeitete ich an dieser Spielart, die ich in ähnlicher Weise beim fahrenden Zigeunervolk gesehen hatte auf manchem Markt, wenn Vater uns mitnahm, um das Mehl in die Stadt zu fahren. Um dabei jedoch auch von der Laute aufblicken zu können, brauchte ich eine feste Position für die rechte Hand zum Anschlag der Saiten. Hierfür klemmte ich den kleinen Finger an die Stelle in der die Saiten im Holz zusammenlaufen.

Dies dient als Stützpunkt und gibt die Grundlage, sodass ich von dort mit den anderen drei Fingern in Wellen galoppieren kann. Durch diese Stellung des kleinen, äußersten Fingers lassen sich die einzelnen Saiten mit Übung blind ertasten und anschlagen im Wechsel mit dem Daumen, der die Grundnote für die Akkorde betont. Ich übte diese und andere Bewegungen und Griffe täglich, selbst wenn ich keine Laute in den Händen hielt. Immer wieder. Der gewünschte Klang schwebte in meinem Kopf und ich war beinahe besessen, ihn auf die Laute und in die Welt zu bringen.

Nachdem ich eine zufriedenstellende, ausgedehnte Probe heruntergespielt hatte, musste ich kurz wieder an das wundervolle Mädchen auf dem Pferd denken. Sicherlich würde sie heute Abend beim Fest erscheinen und ich musste lächeln bei dem Gedanken, dass so etwas einem Abend doch immer was Besonderes gab und mich persönlich zu gutem Spiel antreiben würde. Mit der gelungenen Probe im Rücken beschloss ich, Rino einen Besuch abzustatten und mir dabei das wandelnde Treiben der Burggemeinschaft anzusehen. Vielleicht gab es ja Gelegenheit, neue Gäste mit Zöpfen auf Pferden in Augenschein zu nehmen?

Vor der Eingangstür des Turms plauderte ich kurz mit Hermann, der Wache, die mich ein ums andere Mal nachts nach einigen Krügen Met einließ und selbst immer mal mit getrunken hatte im geselligen Felsenkeller.

Er sagte mir die Schwester Königin Oriannes, Melisande,
wäre mit dem Tross und ihrem Gatten, dem Herzog von
Lerome´, eben eingetroffen als erste der Gäste. Sie kamen

von weit her aus dem Westen des Landes. Auch der Bruder des Königs, Haron von Kleiberneim aus dem Süden sowie einige adelige Freunde des Königspaars sollten kommen von nah und fern.

Der Tratsch schien Hermann eine willkommene Abwechslung zu sein und ich klopfte ihm wie eigentlich immer zum Abschluss auf die Schulter und wünschte ihm einen guten Dienst. Dann schlängelte ich mich durch die lebhafte Menge zum Burgtor hinaus und um die hohen Mauern herum zu den Ställen, um Rino eine Karotte zu bringen, die ich am vorigen Abend zu meiner Mahlzeit von Konrad dazubekommen hatte. Auch mit ihm stand ich gut mittlerweile, denn ich hatte hier und da mal ein gutes Wort über ihn verloren beim König und ihn nicht zuletzt einer der Töchter des Obstgärtners auf dem Markt vorgestellt, die gelegentlich meinem Spiel zuhörten.
Dies brachte mir hin und wieder Zugang zu den Küchenresten, sodass auch regelmäßig ein wenig Obst und Gemüse für meinen treuen Rino heraussprang. Er freute sich, mich zu sehen und nach einer kurzen Streicheleinheit bekam ich Lust auf ein Bad im nahegelegenen Fluß. Ich konnte ein paar Gedanken sortieren auf dem Weg über die Weide in den Wald und

es tat gut, der menschengemachten Hektik zu entfliehen in die große, ewige Stille des Waldes.

Ich sog die Ruhe in mich auf und lag für eine unbestimmte Weile ein wenig einfach träumend am Ufer des kleinen Flußes und lauschte seinem sanften Gurgeln. Ich dachte an das bevorstehende Fest, was wohl auf den Tisch kommen würde und wie die Gesellschaft des Königspaars sich zeigen würde, vor allem die Tochter von Melisande. Ob sie mich überhaupt wiedererkennen würde in meinem Narrenkostüm?

Ich beschloss meinen Tagtraum damit, dass das eigentlich egal war und der Vorfreude auf einen guten Abend, zog mich aus und legte meine Sachen als Bündel unter einen Wacholderbusch am Ufer. Das Wasser war herrlich und die Strömung an dieser Stelle nicht stark. Nach einer Weile schwamm ich zurück ans Ufer und legte mich auf die Wiese, um in der Sonne zu trocknen und meinen Gedanken nachzugehen.

Ich blickte in die vorbeiziehenden Wolken, sah einen Vogelschwarm und spürte die herrliche Wärme der Sonne nach dem erquickenden, kühlen Bad. Nachdem ich für mich ausgemacht hatte, dass ich, wenn ich in diese Welt als Tier zurückkommen sollte, entweder Fuchs oder Adler sein wollte, schlüpfte ich wieder in meine Sachen und ging zurück in Richtung Burg. Unterwegs ließ ich mir noch einen Apfel schmecken an einer Lichtung, die ich beim Wandern entdeckt hatte und sah dann schon beim Verlassen des Waldes, dass noch immer reger Betrieb herrschte auf dem Weg zwischen Burgtor und Wald. Auf dem Weg ließ ich so manchen Wagen und Reiter an mir vorbeiziehen. Ich blickte auf Falkenstein und grinste.

Am Tor war Ulle voll beschäftigt, den Pulk vor dem Tor nicht zu sehr anwachsen zu lassen und übersah deshalb meinen Hofknicks zum Einlass, als er mich mürrisch durch winkte. Im Innenhof war die Hektik einer freudigen Erwartung gewichen, ein erstes Feuer brannte und ein paar Kinder trollten lautstark über den Platz. Auch die Burggesellschaft würde heute Abend teilhaben und König Daniel würde sicher gut gesorgt haben für den Verbleib der Gefolgschaft seiner Gäste, die sich bunt mischte mit den Falkensteinern. Ich sah die Gastfreundschaft, die man mir entgegengebracht hatte. Die Wägen der Gäste standen in der entgegengesetzten Ecke zum Bergfried in einem groben Kreis in dessen Mitte ein stattliches Feuer in Gang gebracht wurde.

Bald würde der erste Met fließen und die Dämmerung beginnen, ein Moment, der immer einen besonderen Zauber hat. Da kam mir eine Idee:

Die Szenerie gefiel mir so sehr, dass ich spontan beschloss, ein kurzes Vorspiel am Feuer zu geben. Konnte es eine bessere Vorbereitung geben? Ich konnte Konrad nirgends finden in dem Tohuwabohu und so fragte ich die Wache vor der Burgküche, für wann das Essen angesetzt wäre. Seine Antwort eröffnete mir ein Fenster von gut drei Stunden. Ich sprang also in Richtung Westturm, um die Laute und ein paar Heller zu holen.

In meiner Kammer schmiss ich mir die Laute um und steckte meine Holzflöte in eine meiner Taschen. Aus Jux feuerte ich einen Schuss in Richtung der Eiche ab, um eine Vordeutung auf den Abend zu bekommen, die ich gleich wieder verwerfen könnte. Der Schuss war nicht schlecht angesetzt, zischte aber letztlich doch ein gutes Stück rechts am Stamm vorbei durchs Blättergeäst. Ich neigte den Kopf von einer Seite auf die andere in Abwägung des Versuches, zuckte dann mit leichtem Schmunzeln die Schultern und ging zur Tür hinaus die Wendeltreppe hinunter.

Unten erzählte ich gut gelaunt Hermann von meinem geplanten kleinen Überraschungsauftritt und fragte ihn zum Abschluss, ob ich ihm zwischendurch nicht einen Met zur Stärkung bringen sollte. Er musste lachen und sagte, er würde zwar gerne, benötigte jedoch einen klaren

Kopf für den besonderen Dienst, der ihm bevorstand. Mit einem Augenzwinkern wünschte ich ihm bestes Gelingen dafür und wandte meinen Blick dann dem sanften Abhang vor mir zu, der in der Wagenburg im Schatten des massiven Eckturms links des Burgtores seinen lebhaften Endpunkt fand. Über den Zinnen der Burgmauern erstreckte sich die auslaufende Weide mit ihrem quirligen Bach bis zur Waldgrenze. Die Wolkenfetzen über den Baumkronen tauchten in das goldene Licht der nahenden Dämmerung und wurden immer wieder durchbrochen vom sich wandelndem Blau und Lila des Himmels.

Kapitel 8

Ich hielt kurz inne und nahm das Bild in mich auf. Dann wich das Staunen der Vorfreude und ich lief zum Feuer, wo mich auch gleich Thorben mit einem gepfefferten Schlag auf den Rücken – glücklicherweise über meiner Laute - und einem krachenden "Kaspar!" begrüßte. Ich ergriff ebenso herzlich seine Schulter, erwiderte seine Begrüßung und fragte mich, ob der Krug Met in seiner anderen Hand der Erste des Abends war und wo er ihn wohl her hatte.

Ich begrüßte weitere Bekannte wie Alexander, den hageren, hochgewachsenen, sehr ulkigen Bogenmacher und Simon, den kernigen, rastlosen Stallmeister, dem der Schalk nicht minder im Nacken saß. Da so gut wie alle Mägde und Küchenleute voll mit den Vorbereitungen auf das Festmahl beschäftigt waren, fanden sich hier am Feuer vor allem Männer des Handwerks wieder, um sich auszutauschen, zu handeln und nicht zuletzt zu trinken und zu feiern.

Um mich herum waren angeregte Gespräche und Gelächter zwischen den Berufsgenossen und ich beschloss, mir erst einen Met zu holen und auf den Ruf nach meinem Spiel zu warten. Meine Freunde, welche meine Auftritte ja vom Markt kannten, würden die Laute auf meinem Rücken sicher früher oder später bemerken.

Bald hatte ich auch dank eines Rates von Simon Hubertus, den Braumeister als Herr der Fässer ausgemacht und begrüßte ihn gebührend. Er verschmähte meinen Heller für den ersten Met mit einer abwinkenden Handbewegung und fragte stattdessen nach seinem Lieblingslied, einer Ballade über einen Königssohn und eine Müllerstochter. Met und Musik, dies war ein Anliegen nach meinem Geschmack. Ich nahm den Met dankend und sagte mit einem Augenzwinkern:

"Für Met und einen Freund mache ich nichts lieber."

Dann stieß ich mit ihm, Simon und Alexander an auf eine große Nacht, reckte meinen Lederbecher so hoch ich konnte und genoß diesen ersten, unvergleichlichen Schluck des Abends mit all meinen Sinnen. Dann schwatzten und lachten wir kurz, vor allem über Simons Geschichte, als er in einer umliegenden Dorfschänke benebelt den weiten Fußweg zurück in Richtung Falkenstein antrat und bis zu einem Hühnerstall eines Bauern am anderen Ende der Siedlung kam. Doch nun wurde es Zeit, die Großzügigkeit des guten Hubertus, mit der er auch die Gäste behandelte, zu erwidern und mir den Met zu verdienen.

Ich stellte den Becher zu meinen Freunden, rieb mir die Hände, rückte mein Stirnband kurz fest und sagte: "So, meine Freunde, beginnt das Spiel..."

Dann ging ich die paar Schritte von dem Metstand weg und trat in die Wärme des Feuers. Mit der Rechten griff ich den Hals der Laute hinter meiner Hüfte, die Linke legte ich an den Mund und rief mit Leibeskräften: "Willkommen auf Falkenstein, Freunde! Der Veste, wo eine helfende Hand nie fern ist, man lacht von früh bis spät und trinkt von spät bis früh! Ich bin Kaspar Feuerdahn und dieses Stück ist für Hubertus, meinen Freund und Metmeister!"

Dabei zeigte ich in seine Richtung und schlug mit einer Drehung zum Feuer unter vereinzeltem Gröhlen, aus dem vor allem Simon herausstach, die ersten Klänge an. Ich fühlte mich augenblicklich bärenstark, tanzte ums Feuer, sang aus voller Kehle und brachte nach und nach immer wieder die Leute zum Mitsingen, was mich wiederum antrieb.

Nach ungefähr fünf Stücken stieß mich ein Unbekannter an, der ein wenig wie ein Zigeuner aussah und sich als Biblimas, Barde von Haron aus Kleibernheim, vorstellte. Ich stellte mich ebenfalls vor und wir redeten angetan über unser Handwerk. Vor zwei Jahren hatte ich schon einmal flüchtig von ihm gehört im Westen, wusste jedoch nicht, dass er dauerhaft am Hof in Kleiberneim spielte. Er war etwas kleiner als ich, hatte tiefschwarzes Haar, dunkle, fast südländische Haut, ein breites Lächeln und leicht grünlich schimmernde Augen. Seine Kleidung war etwas festlicher als meine, doch das galt für so gut wie jeden. Außerdem strahlte von seinem ganzen Wesen die Geselligkeit und Gelassenheit aus, wie man sie in dieser Mischung fast nur bei einem Musiker findet.

Nach einem gemeinsamen Met und lebhaftem Gespräch über die Wunder der Musik – wie sich herausstellte, sollte er ebenfalls zum Fest später im Thronsaal musizieren – fragte er, ob er eben ein Lied auf meiner Laute für die Kleiberneimer spielen dürfe, als ich ihm auch schon mein geliebtes Instrument auf die Brust drückte. Er dankte mir sofort, hing sie sich um und ich merkte gleich nach den ersten Tönen, dass ich es mit einem Könner zu tun hatte:

Sein Stil war sauber, nicht so roh und kraftdurchzogen wie der Meinige und vom ganzen Auftreten her etwas zurückhaltender, beinahe zaghaft. Gut möglich, dass er länger spielte als ich, in jedem Fall malte er sein Klangbild mit anderen Farben. Vielleicht war er sogar von einem Meister unterrichtet worden.

Seinem Lied folgten weitere fünf, zu denen ich ihn ermutigte und nach Gehör bei Gelegenheit auf meiner Flöte begleitete. Die Kleiberneimer sangen, die Falkensteiner machten mit, der Met floß und ich grinste mir einen über meine Flöte. Es war herrlich!

Nach unserem kleinen Vorspiel standen wir bei Hubertus am Metstand und er sagte mit seinem Blick im Feuer: "Weißt du, ich könnte die ganze Nacht hier spielen statt für unsere Herren und nichts würde mir fehlen." Darüber musste ich schmunzeln und nickte:

"Recht hast du, Seide macht den Mensch nicht schöner. Doch ich habe eine Abmachung mit dem König, die ich einhalten werde."

"Natürlich! Und ich folge Haron überall hin. Doch ich komme vom einfachen Volk und fühle mich am wohlsten, wenn ich unter ihnen bin."

"Du sprichst was ich denke, Biblimas. Ein Hoch auf Falkenstein und Kleiberneim!"

Er machte sich dann auf, seine Instrumente zu holen für das Festmahl, das bald beginnen würde und wir verabschiedeten uns herzlich. Ich eilte nach einem schnellen Becher mit Alexander ebenfalls geschwind zum Westturm und schmierte dabei einmal gehörig ab im Morast. Glücklicherweise fing ich mich mit der rechten Hand und dem Knie ab, sodass die Laute unversehrt blieb und lediglich meine Kleidung etwas dreckig wurde. Dieser verdammte Met! Schlug doch immer wieder mit Verspätung ein. Auf nüchternen Magen hätte ich mich vielleicht auch etwas zurückhalten sollen. Vielleicht.

Kapitel 9

Auch Hermann merkte sofort, was die Stunde geschlagen hatte und sperrte mir mit leichtem Lachen die Tür auf. Der Aufstieg zur Wendeltreppe verlief ohne Zwischenfall, denn ich nahm mir die Zeit zum Freund und die Wand als Stütze. Oder auch umgekehrt. Ich konnte wahrlich auf die Erfahrung verzichten, wie ein Sturz hier der Laute bekommen würde.

In meiner Kammer angekommen streifte ich mir schnell meine Waldläufer-Kluft vom Leib und holte aus der Holztruhe mein Narrenkostüm, welches das rechte Bein und die linke Hälfte des Oberkörpers in einem satten Gelb und den Rest in einem tiefen Rot lässt.

Ich hatte es bei einem Schneider im Süden persönlich anfertigen lassen für ein gutes Bündel Geld, doch dafür hob es meine Vorspiele und mein Auftreten auch auf eine deutlich höhere Stufe.

Ich brauchte etwas länger als gewöhnlich, um hinein zu schlüpfen und lag dafür zwischenzeitlich wie ein Käfer auf dem Rücken. Als ich es geschafft hatte, öffnete ich das Fenster nochmal und atmete ein paar Mal tief in die erstarkende Dunkelheit hinaus. Dann nahm ich auf der Vorderkante meines Nachtlagers Platz, schloß die Augen und ordnete meine Gedanken: ... Fußrassel nicht vergessen ... die Lanzelot Ballade als erstes Stück? ... wie war noch der dritte Vers über Orianne und Daniel? ...

Als ich die Unordnung in meinem Kopf ein wenig beruhigt hatte, ergriff ich die Laute und die Flöte mit der Rechten, nahm die Fußrassel sowie meine Fidel in die Linke, sammelte mich nochmal kurz und schloss vor dem Rausgehen zunächst das Fenster und dann die Tür.

Hermann konnte sich eine kleine Bemerkung ob meines ungewohnten Aufzuges nicht verkneifen, auf die ich lachen musste und mich verabschiedete mit dem Versprechen, ihn nachts zu prüfen, wie tief er denn schlafe. Denn schließlich war es gut möglich, dass ich seine Hilfe beim Öffnen der Tür in der Frühe brauchen würde. Weiß der Teufel, was die Nacht bereit hielt!

Ich eilte recht schnell die Burgmauern entlang in Richtung des Bergfrieds, stoppte aber bald – auch um meine Glieder kurz zu entlasten – und schaute nochmal zum Feuer zu meiner Linken, wo mit zunehmender Dunkelheit auch die Stimmung ausgelassener wurde. Ich ging bewusst etwas im Schatten, denn würde mich jetzt jemand in der Narrenkluft mit den Instrumenten erspähen, wäre das Geschrei sicher riesig. Tatsächlich musste ich die Griffe nochmals neu ansetzen auf halbem

Weg zum Thronsaal, um alles unbeschadet dorthin zu bringen.

Beim Ablegen der Instrumente dachte ich kurz an meine Reisen und sagte mit Blick auf die Stufen vor mir: "Keine Karotte zuviel...", hatte der gute Rino doch immer mal eine Extraportion für seine treuen Dienste von mir bekommen. Dies brachte mir einen verwunderten Blick der Torwache ein, der nicht der Erste seiner Art war und im Hinblick auf das unklare, aller Voraussicht nach turbulente Ende der Nacht wahrscheinlich auch nicht der Letzte sein dürfte. Er hob skeptisch seine Brauen bei meinem Anblick, wie auch seine Kollegen am anderen Ende der Stufen, verstand aber doch, was das Ganze wohl sollte und ließ den zweifarbigen Packesel ein durch das schwere Eichentor. Nach kurzem Dank an ihn wandte ich mich zum Innenraum, durch den mich Konrad am ersten Tag geführt hatte, und erblickte hektische Diener und Küchenmägde in allen Himmelsrichtungen. Unter den vielen Burgleuten herrschte ein einziges Durcheinander und nachdem ich mich mühsam ein paar Schritt vorwärts geschoben hatte, sah ich tatsächlich auch in der Mitte des Raumes Konrad, der alle Hände voll zu tun hatte.

Gerade, als ich mich ihm nähern wollte, wurde mir schlagartig heiß und kalt! Ich blieb stehen und hielt kurz inne. Das Gerede und die Aufregung um mich herum rückten in weite Ferne und verschwanden beinahe. Doch es war keine Berührung und kein Bild, das mich so plötzlich erstarren ließ... nein, es war etwas Verborgenes: Es war ein Geruch.

Ich konnte nicht ausmachen wo, doch an irgendeiner Stelle in diesem Raum waren heiße Brombeeren. Als Kind hatte ich sie für mein Leben gern gegessen beim Spielen mit meinem Bruder im Wald, wenn wir mit unseren Schleudern Ratten und Hasen jagden. Oder uns heimlich zu den Zigeunern schlichen, um ihre Musik zu hören.

Eines Nachts, als ich mit hohem Fieber wach lag und jammerte, zog er los, um mir ein Bündel von einem unserer Lieblingssträucher zu pflücken. Obwohl es zu dieser Zeit Gerüchte gab, dass ein Bär sein Unwesen in den nahen Wäldern trieb, schlüpfte er geschwind in sein Hemd und ging zum Fenster. Mit einem Lächeln drehte er mir sein Gesicht im Mondschein zu und sagte: „Warte nur, das bringt dich wieder zu Kräften, kleiner Bruder, wirst schon sehn!" Dann glitt er durch den Fensterladen, sprang über den Zaun hinterm Haus und verschwand in der Gerste zum Waldrand zu.

Er kam nie zurück.

Seit diesem Tag habe ich die Beeren nie wieder auch nur

angerührt und selbst der bloße Geruch treibt mir nach wie vor die Haare zu Berge und den Schock in die Glieder. Nachdem ich mich kurz geschüttelt und wieder gefasst hatte, suchte und fand ich Konrad wieder mit meinem Blick und versuchte, die Instrumente so eng wie möglich am Leib zu halten. So schob ich mich vorsichtig und nicht zu hastig durch die kleine Halle, während von jeder Seite Diener und Mägde mit Speisen und Getränken aller Arten den Raum durchquerten wie Bienen ihren Stock. Mein Augenmerk war vor allem darauf gerichtet, so kurz vor dem Auftritt nichts auf mein Kostüm kommen zu lassen, was schwer genug war mit all den Instrumenten.

Obwohl Konrad mich kurz in der Menge erspähte und mitten in einer Anordnung inne hielt mit einem Blick, als hätte er soeben einen Hecht und ein Warzenschwein beim Paarungsversuch ertappt, nahm ihn seine Stellung als Aufgabenverteiler am Höhepunkt der Vorbereitungen doch so sehr ein, dass wir nicht redeten. Stattdessen machte ich mich sofort in Richtung des Thronsaals zur Treppe am anderen Ende des Raumes auf.

Dort wurde ich erneut kontrolliert - und das diesmal entschieden schärfer - von einem finsteren Kameraden mit einer Hand, die verheiratet war mit seinem Schwertknauf. Doch schließlich wurde mir der Einlass gewährt zur feinen, adeligen Gesellschaft von Burg Falkenstein an jenem Frühlingsabend. Ich ließ drei Mägde passieren, welche die Treppe hinabstiegen mit großen Holzschüsseln und Weinkrügen und stieg dann geschwind die Stufen hinauf, um nicht auf halbem Weg vor einem hohen Tier zurückweichen zu müssen. Auf eine Drehung und Umkehr mit all dem Zeug konnte ich gerne verzichten.

Am Ende der Treppe eröffnete sich mir dann im kraftvollen Fackelschein der Anblick der Festgesellschaft: Es wurden bereits kleine Speisen mit Wein serviert, doch es gab auch noch freie Stühle an der Tafel. Ich kam zu einer guten Zeit, nicht viel zu spät. Auf der Suche nach einem sicheren Platz für die Laute, die Flöte, die Fidel und die Fußrassel machte ich die linke, hintere Ecke des Saals aus. Der Wandvorhang würde sie teilweise verdecken und ein möglicher Dieb müsste den ganzen Raum damit durchqueren. Außerdem könnte ich sie so durchgehend im Blick behalten, sollte ich mich auf die rechte Seite der Festtafel setzen. Und dort waren noch freie Plätze zur Genüge.

Also ging ich nah an der Wand entlang und legte unbemerkt von einem Großteil der Gesellschaft meine Werkzeuge ab, mit denen ich später von dem erhöhten

Podest am Kopf der Tafel ihre Ohren, von ihren Ohren ihren Kopf und von dort vielleicht ihre Handlungen bearbeiten wollte.

Der König und die Königin waren bereits anwesend und ich grüßte das Paar mit einer tiefen Verbeugung und einem Handkuß für die Königin. Auf meinen Reisen hatte ich auch den Brauch kennengelernt, dass das Königspaar erst erscheint – oder besser gesagt: Erhaben durch den Raum schreitet - , wenn alle Gäste schon warteten. König Daniel schien sich darum hier nicht viel zu scheren und ich bevorzugte diese Einstellung, da die Ankunft mancher Gäste aufgrund der Entfernung schwer zu bestimmen war und man so mit denen trinken und lachen konnte, die schon da waren.

Ich suchte mir einen freien Platz auf der rechten Seite des Tisches, sackte in den Stuhl, den ich mir ausgewählt hatte und atmete erst einmal tief durch ob des gelungenen Transportes der Instrumente. Beim Ausatmen versuchte ich grob abzuschätzen, ob ein Krug Wein schon jetzt das Richtige wäre. Als ich von der massiven Holztafel den Blick in die Runde hob, bemerkte ich, dass die feinen Herren und Damen bereits in lebhafte Unterhaltungen verwickelt waren und sich ob meines Hinzukommens keine Umstände machten.

Lediglich ein dicklicher Herr mit weißem Rauschebart und roten Backen am Ende der Tafel erwiderte kurz meinen gleitenden Blick und schaute dann schnell wieder nach vorne über sein kunstvoll besticktes, grünes Wams, das so manchem als Decke genügt hätte.

Biblimas oder die Schönheit aus dem Hof sah ich nirgends. Ich hob den Arm und ließ mir von einer der umhergehenden Mägde einen Krug bis zum Rand mit Wein füllen.

"Das machst du nicht zum ersten Mal, oder?", sagte ich und hob mein Kinn kurz. Sie zog ihre Lippen rasch in ihren Mund und blickte seitlich zum Boden, ein Kichern unterdrückend. Ich hatte sie erkannt vom Spiel auf dem Markt.

Da König Daniel mir in seiner Güte volle Teilnahme am Festmahl zugesagt hatte, ließ ich mir ein bisschen Obst schmecken, welches aufwendig auf großen Metallplatten angerichtet war. Bei der passenden Gelegenheit prostete ich ihm zu und senkte meinen Kopf zum Zeichen meiner Dankbarkeit. Er erwiderte den Gruß über die Tafel hinweg und erfasste, soweit ich das beobachten konnte, auch, dass ich es ernst meinte.

Mein Nebenmann zur Rechten machte wie der Rest der Tafel trotz oder gerade wegen meines Kostüms sich keine

Mühe, mit mir zu sprechen und war voller Eifer vertieft in einem Gespräch mit seinem Gegenüber. Sie lachten und brüllten über Geschichten um die Torheit irgendeines Herzogs und so ertrank ich für den Moment die blauen Geschichten um mich herum in tiefrotem Wein und machte mir meine Gedanken zu ein paar einzelnen Köpfen. Ich sagte nichts, bis Biblimas im Treppenaufgang erschien.

Beim Blick auf ihn fiel mir mit einem Schlag die unbekannte Schönheit ins Auge, die mit ein paar Damen unbemerkt an derselben Seite der Tafel Platz genommen hatte. Ihr Gesicht ließ mich nahezu versteinern und jede noch so kleine Veränderung ihrer Miene war mir wie ein Kunstwerk. Sie aber blickte in ihrem Gespräch geradeaus und sah mich in meinem Starren nicht. Da riss mich ein gewaltiger Schrei aus meinen Träumen:

"BIBLIMAS!! Wo hast du dich denn rumgetrieben?! Auf! Sing uns ein Lied!"

Haron von Kleiberneim hatte meinen neuen Freund, der seine Laute an einem Lederriemen statt wie ich mit einem dünnen Seil um den Rücken trug und so wesentlich eleganter auftrat, anscheinend ebenfalls erspäht und beorderte ihn lautstark zum Spiel. Sogleich bemerkte er jedoch seine Forschheit und ließ etwas kleinlauter folgen:

"Sofern Euch das beliebt, König Daniel?"

Dieser lachte darauf inbrünstig und antwortete:

"Nur zu! Ihr sollt später auch meinen Barden Kaspar hören! Auf Kleiberneim!", worauf sie krachend die Krüge zusammenschlugen und die gesamte Tafel lautstark ihre Gefäße hob. Biblimas eilte an meinem Rücken vorbei und verbeugte sich auch gleich tief vor dem Königspaar, deren Königssitze die Stufen hinunter vom Podest an den Kopf der Tafel und auf die Höhe der Gäste getragen worden waren. Wieder einmal lobte ich innerlich die Vorzüge meines Handwerks als Musiker.

Der gute Biblimas nutzte dies, um kurz die Gäste vom Podest aus zu überblicken und sich der hohen Gesellschaft vorzustellen. Gemessen an seinem Spiel am Feuer zuvor fand ich seine Worte etwas zu bescheiden, doch gleich sein erstes Stück war Zeugnis genug für sein Können.

Er verstand es meisterhaft, seine Lieder vorzutragen und ich traute ihm zu, dass viele davon sogar aus seiner Feder stammten. Während seines gesamten Vorspiels konnte ich lediglich zwei unbedeutende Unregelmäßigkeiten ausmachen, die dem Rest der Gesellschaft höchstwahrscheinlich entgangen waren. Er nickte mir auch zu, als er mich zu Beginn erkannte und schritt gemächlich um die Tafel, fast im Tanz mit seiner Laute, die er führte wie eine schöne Frau. Zudem trug er wahrscheinlich als Zeichen von Demut fast haargenau dieselbe Kleidung wie bei unserem Treffen am Feuer, wodurch ich mir ob meines Kostüms kurz etwas albern vorkam. Ohne meinen Krug und seinen nimmer vergehenden Zauber hätte mich das womöglich länger beschäftigt.

Während Biblimas also die immer lauteren Herren und Damen verzückte, lag für mich der größte Reiz darin, einen Blick der Unbekannten zu meiner Rechten zu erhaschen. Dazwischen antwortete ich forsch auf Sprüche der Herren ob meines Kostüms und genoss vereinzelte Speisen. Alsbald dankte König Daniel dann Biblimas herzlich für sein Spiel und erhob sich dafür sogar aus seinem Sitz, um ihm und Haron zuzuprosten. Auch ich erhob mich so galant wie es mir nur möglich war. Ich wusste, dass es Zeit war und ging zur Stelle, an der ich meine Instrumente gelagert hatte.

Kapitel 10

Meine Wahl für die ersten Melodien fiel auf die Flöte, um so mein Lautenspiel nicht direkt auf das von Biblimas folgen zu lassen. Später würde der Unterschied im Spiel eher zu meinem Vorteil auffallen. Ich dankte meinem Vorgänger für sein Spiel sowie dem Königspaar für die Beherbergung auf Falkenstein und stellte mich ebenfalls vom Podest aus kurz vor, wenngleich auch etwas gewagter. Dann begann ich mit einer Melodie aus fast vergessenen Zeiten.

Von Beginn an bewegte ich mich rascher und sprunghafter als Biblimas und tänzelte um die Tafel, die mich zunächst kaum mehr beachtete als noch zu Tisch. Ich hatte dies nicht anders erwartet und schon beim Essen beschlossen, allen Widrigkeiten zum Trotz König Daniel ein gutes Vorspiel zu geben als Dank für die Unterkunft. So griff ich nach kurzem Flötenspiel zur Laute, denn hier hatte ich einen Trick vor, der mir bei den Damen und Herren Gehör verschaffen sollte:

Bei der winterlichen Fahrt mit dem Zigeunervolk hatte ich von dem Feuerkünstler ein paar mit Öl getränkte Wollknäule erlangt, die schon bei Berührung mit dem kleinsten Funken lichterloh in Flammen aufgehen konnten, um dann ebenso schnell wieder in sich zusammenzufallen. Dies - so dachte ich mir - würde einen besonders eindrucksvollen Effekt haben, falls man diese hochschleuderte und dann in der Faust auffangen und erlischen würde, waren sie doch kaum breiter als zwei Daumen. Außerdem hatte der Zigeuner es so vorgeführt.

Somit prieß ich so lautstark wie möglich an, dass das nächste Stück vom Kampf eines Helden gegen einen furchtbaren Drachen handeln würde. Ich wanderte zum Kopf der Tafel gegenüber des Königspaares und in unmittelbarer Nähe zur unbekannten Schönheit, die mich zu meiner Freude mehr beachtete als die meisten Gäste.

Ich verdeckte das kleine Knäuel in meiner Rechten und endete meine Einleitung, bei der kaum jemand zuhörte, mit dem Bild des Drachens als "... furchterregende Kreatur des FEUERS!!"

Bei diesen letzten Worten entzündete ich das Bündel an der Kerze vor mir und schleuderte es gerade und hoch in die Luft, wo es voll entflammte. Als es hinabfiel, musste ich zwei Schritte zurück machen, um es zu fangen und umschloss den Feuerball mit der Faust. Der Schmerz zwang mich jedoch sofort, den Zuschauern kurz den Rücken zu kehren und die erloschenen Reste auf den

Boden zu entsorgen.

Wie geschickt oder ungeschickt das Ganze für meine Zuhörerschaft aussah, weiß ich bis zum heutigen Tag nicht. Doch nun hatte ich die volle Aufmerksamkeit der Gäste und konnte sie von hier in meinen Bann ziehen. Und das war alles, was ich wollte. Dieser Moment war ein Wendepunkt, nun schrien und sangen die Damen und Herren der Runde mit mir in den Liedern. Ich spielte die Laute gewohnt kraftvoll – dies hob mich seit jeher ab von anderen Barden – und folgte grob dem Liedmuster, welches ich mir zuvor zurechtgelegt hatte. Vor allem ein altes, bekanntes Volkslied, in welches ich die von mir erdichteten Strophen über das Königspaar und meine eigene Anschlagstechnik einbaute, kam unerwartet gut an.

Ich sprang mal links, mal rechts rum um den gewaltigen Tisch und sang mit Freuden meine Stücke. Jedes Mal, wenn mich die schönsten Augen des Saals trafen, wurde es mir heiß und kalt am ganzen Leib. Auch wenn ich mich ihr abwendete, blieb sie mir doch im Kopf und ich war glücklich, fühlte mich schwerelos. Mein Plan war, noch drei weitere Lieder zu singen, die Herren prosteten mir zu und ich trank zunehmend mehr, je näher das letzte Stück kam, wie man es als Musiker nun mal so macht.

Gerade als ich an der betörenden Rückseite der Schönheit vorbeiglitt wieder in Richtung Königspaar, senkte ich den Blick, um Kontrolle über einen schnellen Griffwechsel zu bekommen. Dafür verlangsamte ich meinen Schritt und blieb kurz stehen. Einer der Herren schrie etwas – lauter als der Rest - und plötzlich schlug mir aus dem Nichts – ZACK! - etwas auf die rechte Gesichtshälfte, das ich erst in den nächsten Momenten als matschig ausmachen konnte.

Mir wurde der Kopf von der Wucht ins Genick geschleudert, ich taumelte drei Schritte zurück und sank auf mein linkes Knie. Mit dem Haupt vornübergebeugt, wischte ich mir die dunkle, breiartige Masse von grobem Pflaumenmus von der Wange und aus den Haaren, während die eine Hälfte der Herren gröhlte und die andere schwieg. Meine Laute war ruckartig verstummt. Mit einem Schlag war ich gedemütigt, erniedrigt und zum Spottbild geworden. Mein kostbares Kostüm hatte Flecken auf Schulter und Brust abbekommen.

Als ich auf den Boden stierte und mir mit meiner Hand halb meine Haare und halb mein Gesicht verdeckte, spürte ich in meiner innersten Zelle - tief hinter dem Punkt wo sich die Rippen treffen – ein glühendes Brennen, das unaufhaltsam wuchs und sich über meine

Brust ausbreitete. Es war die Art von unkontrollierbarer Urgewalt, bei der ich unmöglich wissen konnte, ob sie meinen spitzen Schnabelschuh in den nächsten Sekunden zur Tür hinaus oder ans Kinn des aufgeblasenen Arschlochs und Musschleuderers treiben würde.

Doch ich hatte nicht gesehen, wer mich beworfen und getroffen hatte. Ich durchstreifte mit aufeinander gepressten Zähnen die mir gegenüberliegende Sitzreihe, wo die Herren um der Königin Bruder, dessen Name ich noch nicht kannte, noch immer prusteten und keuchten vor Lachen. In meiner herabhängenden Faust wäre Granit zerbröselt.

Ich schaute auf König Daniel, er war mit einem Schlag sehr ernst, doch griff vorerst nicht ein. Noch immer rang ich mit der tosenden Wallung in mir und blieb mit den Augen schließlich auf dem Bastard in der Mitte der Reihe. Er war vielleicht ein paar Jahre älter als ich und ich hatte ihn schon während des Essens ob seiner Reden innerlich ermordet.

Wieder blickte ich zum Königspaar. Sie gehörten der mittlerweile schweigenden Mehrheit an und so zwang ich mich gerade zum Gehen, als ich eine Stimme hörte, die nur einem gehören konnte:

"Meiner Treu, Spielmann! Bei eurem Getanze dachte ich, Ihr wärt flink. Was für ein untauglicher Soldat Ihr wäret, jeder Stein und Pfeil würde euch treffen!"

Bevor ich antworten konnte, sprang Königin Orianne ein: "Genug, Drogan! Der Barde steht unter meinem Schutz und erwies uns gute Dienste. Hüte also deine Zunge, Bruder!"

Ihre Augen blitzten und ihre Stimme war scharf wie Excalibur, während König Daniels Gesicht wie in Stein gemeißelt war. Die Zurechtweisung der Königin zeigte Wirkung bei ihrem jüngeren Bruder: Er war deutlich eingeschüchtert durch die Drohung seiner Schwester und biss auf seiner Unterlippe herum, nicht wissend, ob er sich auflehnen oder fügen sollte. Auch seine Kameraden schwiegen nun. Erst jetzt bemerkte ich die bläulichen Schlieren, die sich über seine rechte Hand zogen. Ich war inzwischen etwas abgekühlt und mein Zorn wich zunehmend einer drückenden Ernüchterung. So brach ich das angespannte Schweigen:

"Meine Königin, Euer Eifer und Eure Worte ehren mich. Verzeiht, doch mir ist vorerst die Lust am Spiel vergangen..."

Jedes Auge des Saals folgte mir, als ich meine Laute zurück in die Ecke brachte. Erst, als ich mich krachend zurück in meinen Sitz fallen ließ und einen kräftigen Zug Wein den Rachen hinunterspülte, erwachten die Gespräche und das Gelächter zaghaft von Neuem.

Mein Gesicht war noch immer beschmiert mit den Resten des Mus, das nun zu kleben anfing und ich fühlte mich benutzt und dreckig. Einmal drehte ich den Kopf und merkte, dass die junge Schönheit mich auch anschaute. Beschämt wich ich ihrem Blick aus. Dann ging ich um die Tafel herum, da ich Drogans Fratze einfach nicht mehr sehen wollte und trank einen Krug mit Biblimas, dem Einzigen, mit dem ich auf ein Schiff gegangen wäre.

Ein anderer Barde begann unterdessen zu spielen, der im Gesang wirklich gut, doch handwerklich weit unter meinem neuen Freund war und störte uns so eher in unserem Gespräch über unsere Herkunft, Frauen und des Landes Königshäuser, die wir bereist hatten.

"Mich haben sie auch mal beworfen. Sogar mit Knochen, als wäre ich eine Köter!" sagte er.

Ich schüttelte den Kopf. "Jede Wette, dass keiner von ihnen die Laute spielen konnte..."

Ich klopfte ihm auf den Rücken. Seine Geschichte gab mir irgendwie auch Trost. Um uns herum wurde das Treiben und Gelage zunehmend wilder und lauter. Schüsseln fielen zu Boden, Lieder wurden angestimmt und Krüge geleert.

Doch ich wollte nicht in ihren Kreis. Als Biblimas von Haron lautstark zu sich gerufen wurde zum gemeinsamen Trunk, drückte ich nochmal fest seine Hand und blieb dann noch kurz an der Tafel. Über einem halben Krug Wein, den ich als den Letzten des Abends auserwählt hatte, blickte ich nachdenklich vor mich hin aufs Holz und gelegentlich durch die Runde wie zu Beginn des Abends. Meine Gedanken waren nur bei dem vorangegangenen Tag:

Wie ich mir das Fest im Voraus ausgemalt hatte, wie ich mich im Wald gesammelt hatte und wie die Schönheit aus dem Nichts aufgetaucht und in meinem Kopf ein neues Kapitel zu schreiben begann.

Und nun war das Ende der Nacht früher gekommen, als ich dachte und war so anders verlaufen als erhofft. Ich war bedient, fertig mit der Nacht und schwebte in Gedanken kurz durch die Mauern quer über den Hof zur Wagenburg und dem Feuer. Was da wohl los gewesen war? Dann blickte ich ohne nachzudenken rasch auf und schlitterte auch sofort in das Antlitz der schönen Königstochter, die es anscheinend spürte und auch mich anblickte. Ich lehnte mich zurück und grinste von Ohr zu

Ohr, was sie zu überraschen schien.

Sie schaute nach einigen Momenten wieder zur Seite und strich sich durchs nußbraune Haar. Ich meinte sogar eine schwache Rötung auf ihren Wangen gesehen zu haben, wie der matte Lichtglanz auf einem Apfel, den man nur sieht, wenn man danach sucht.

"Vier sind zu wenig...", sagte ich zu mir selbst und leerte meinen Krug. "Nicht immer, aber hier und heute." Kaum ein Kopf der Gesellschaft war mir interessant aufgefallen und ich hielt es für das Beste, den Abend einfach zu beschließen und meine Gedanken raus in die Nacht zu tragen. Ich klemmte mir meine Sachen unter die Arme und dankte Daniel und Orianne für Speis und Trank, bevor ich rechts an der Tafel vorbei lief und nochmal zu meiner Angebeteten schielte.

Ihr Blick traf mich nicht, denn sie war anscheinend versunken im Gespräch mit ihrer Nachbarin und hatte den Kopf auf ihrem Arm zu ihr gelehnt. Mein Abgang verlief insgesamt nahezu als wäre ich nur ein Geist, ein Schatten, ein kurzes Flackern einer Kerze, denn viele der Herzöge und sonstigen Gäste standen jetzt an ihren Plätzen und jauchzten aus voller Kehle. Auf dem Absatz zur Treppe seufzte ich kurz, doch beim vorsichtigen Abstieg in die zunehmende Finsternis bestätigten mich ein paar Rufe, die mich kurz überlegen ließen, ob vielleicht das erlegte Wild an den Wänden noch ein letztes Mal zur Brunft rief, in meinem Entschluss, in dieser Nacht als einer der Ersten zu Bett zu gehen.

Der Raum, der mir vor ein paar Stunden noch den Durchgang so erschwert hatte, glich jetzt bedeutend weniger einem Ameisenhaufen und ich kam rasch zum Ausgang. Auch die Wachen zu meiner Rechten kümmerten sich wenig um mich und so stieg ich die Stufen hinab und schlug meinen Weg in Richtung Westturm ein.

Über mir funkelten klar die Sterne, es war kühl, aber keineswegs kalt und noch herrschte auch am Feuer bei der Wagenburg und in allen Winkeln der Burg die Triebsamkeit einer großen, einer besonderen Nacht. Es schien fast, als wäre das Gemäuer ein einziger Körper, dessen Atem sich hebt und senkt. Ich verharrte kurz:

Ja, es war eine dieser Nächte, in denen der Himmel eine andere Farbe zu haben scheint und der Boden nicht der Gewöhnliche ist. Es trifft alle und alle machen mit, als wäre ein unsichtbarer Zauber in der Luft.

Doch ich wusste auch, es war nicht meine Nacht. Und als ich bei Hermann ankam erklärte ich ihm mit einem müden Lächeln eben dies, schleppte mich die Stufen hoch und ließ dann meine Sachen in einer Ecke der Kammer nieder. Als ich die Tür schloss, fühlte ich, dass ich niemanden brauchte grade. Ich öffnete das Fenster, sog die Nachtluft ein und blickte auf die Ebene im Mondglanz vor mir: Auch sie wurde vom besonderen Glanz der Nacht berührt. Doch sie veränderte sich dadurch nicht.

Entfernt, aber klar drangen vereinzelt laute Stimmen durch die Nacht zum Fenster rein. Aus einer Laune heraus feuerte ich einen Schuss mit der Schleuder auf die Eiche ab. Er schlug satt ein Stück links der Mitte des Stammes ein und prallte von dort dumpf ins Gras. Ich grinste, legte mich mit den Händen unter dem Kopf auf mein Lager, schloss die Augen und schickte meine Gedanken los. Alles war gut.

Kapitel 11

Am nächsten Morgen erwachte ich früh und lag zunächst noch kurz auf meinem Lager, denn die schnelle Erinnerung an den Musklumpen klammerte nun wieder stärker an mir. Allein der Gedanke daran brachte das erniedrigende Gefühl wieder zurück und ließ es mich noch einmal erleben. Ich untersuchte die Flecken auf meinem Kostüm genauer und benutzte dann die Zeit des Wachwerdens zum Graben nach Rachemöglichkeiten: Doch nach kurzer Zeit ließ ich von dem Pfad ab, da ein Diebstahl sicher leicht auf mich zurückgeführt werden würde und tierische Gesellschaft in Drogans Bett seine unschuldige und ohnehin zur Genüge bestrafte Frau genauso treffen würde.

Dann übte ich etwas länger mit meiner Laute einen für den Abend geplanten Trick, was mir Kraft gab und mich langsam wieder mit Leben für den Tag erfüllte. Als ich mich gerüstet genug fühlte, legte ich meine Waldläufer-Kluft an, band mir mit dem Stirnband die Haare zurecht und stieg hinab und hinaus in den Hof, in dem ein zarter, halbherziger Morgennebel die Spuren der Nacht vor der erstarkenden Morgenröte zu verstecken versuchte.

Ich schlenderte zwischen Trinkgefäßen und

Kleidungsstücken hindurch, in denen hin und wieder sogar noch der Besitzer steckte, zum Feuer, wo die gestrige Nacht einen so krachenden Beginn genommen hatte. Die Glut war überlagert von weißen Aschefetzen, wie Schnee in Baumwipfeln, und hauchte langsam ihr Leben aus. Ich ging in die Hocke, streckte meine Hände aus und blickte mich um.

Ich war nicht der Einzige, der wach war, doch wir waren deutlich in der Unterzahl. Mein Blick blieb kurz auf dem Faß, wo Hubertus so reichlich ausgeschenkt hatte, dann ruhte er wieder auf der schwach glimmenden Glut.

Ich zuckte die Schultern, streckte die Knie durch mit den Handflächen darauf und goß mir einen guten Schluck ein in einen Krug, den ich ohne großes Feingefühl aus der Hand eines Schlafenden befreite. Dann beschloss ich, zu den Ställen zu schlendern, um vielleicht auf Simon zu treffen, der nach solchen Nächten immer wusste, wo man ein gutes Frühstück bekam. Außerdem konnte ich so Rino auch gleich besuchen, für den ich ein wenig angefangenes Obst vom Boden aufklaubte und in meine Taschen steckte.

Über den Krug schielte ich zum Bergfried und musste dann erstmals wieder an die schöne Unbekannte denken, die irgendwo in diesen Mauern schlief. Ebenso wie dieser

Bastard von einem Bruder der Königin... Atem konnte schon immer Verzückung oder Mundgeruch bringen!

Der Met machte den Spaziergang richtig erquickend und als ich bei Rino ankam, kraulte ich ihm erstmal kräftig den Kopf und freute mich über seine Dankbarkeit für das Obst, das er sich genüsslich schmecken ließ. Dann wandte ich mich zu dem kleinen an die Ställe angebauten Häuschen und probierte den Griff der Holztür. Sie war offen.

Leise trat ich in das Zimmer mit dem schweren Tisch in der Mitte, wo ich manche Stunde mit Simon und den anderen Bewohnern gezecht und gelacht hatte. Mehrere Türen führten in die einzelnen Zimmer, doch zu Simons Stube musste ich in den oberen Stock. Ich goss die Hälfte meines verbliebenen Mets in einen ledernen Becher, der herrenlos auf dem Tisch stand und stieg hinauf.

Seine Zimmertür kannte ich gut genug, um die Gefäße abzustellen und die Klinke fest an mich zu ziehen beim Öffnen. Fast geräuschlos öffnete sich ein Spalt, durch den ich den Kopf stecken konnte, um einen Blick aufs Bett zu bekommen:

Blondes, gelocktes Haar quoll unter dem Dickicht von Fellen hervor und ein blanker Knöchel lag regungslos am Fußende. Ich bemerkte die verstreute Kleidung am Boden und fand in einer Ecke Simons leicht bläuliches Leinenhemd, das sein ganzer Stolz war. Ich konnte gerade im letzten Moment ein Kichern unterdrücken und grinste. Teufelskerl...

Dann zog ich vorsichtig die Tür wieder zu und setzte mich unten an den Tisch, um zu überlegen, was nun zu tun sein. Ich blickte ein wenig im Raum umher und trank gemächlich ein paar Züge von meinem wieder in einem Krug vereinten Met, bis ich zu dem Entschluss kam, dass Frühstück nach wie vor eine gute Idee war. Es war gut möglich, dass am Feuer mittlerweile wieder Bewegung war, ansonsten konnte ich mein Glück auch am Bergfried versuchen.

Also schüttete ich den Met in einen ledernen Becher, um nicht mit dem gleichen Krug am Feuer aufzutauchen, schloss die Tür leise und trat blinzelnd in die wärmenden Sonnenstrahlen hinaus. Am Burgeingang hatte Ulle mittlerweile seinen Posten bezogen und ich prostete ihm zu:

"Zum Wohl!"

Verärgert trat er einen Schritt vor und schnauzte mich an:

"Schweig still, du reudiger Köter!"

"Wer nach solch einer Nacht so eine Laune hat, der ist am falschen Ort, mein Freund..."

Ich schüttelte leicht den Kopf und lächelte, sobald ich ihm den Rücken zugekehrt hatte und ging gemächlich über den Burghof noch unentschlossen zwischen Feuer und Bergfried. Da jedoch an der Wagenburg noch immer der Tag nur träge begrüßt wurde, ging ich zum Bergfried, wo die hohe Gesellschaft die Diener sicher schon beschäftigter hielt, selbst wenn sie noch schliefen.

Tatsächlich hatte ich Glück und fand Konrad an nahezu selber Stelle wie vorige Nacht wieder. Um ihn kreisten zwei Mägde mit großen Obstschalen. Hier war ich richtig! Ich leerte den Met und ging auf ihn zu. "Emsig wie die Bienen ... seit wann bist du denn schon wieder auf den Beinen?"

"Nun, das Frühstück für die Gäste muss gerichtet werden und das ist meine Aufgabe. Mir wurde zu Ohren getragen, du hattest nicht die beste Nacht gestern?"

"Hatte ich nicht, dennoch fühle ich mich gut. Es war auch weiß Gott nicht die Schlechteste. Sag, mein Freund, was frühstückt denn die fleißige Dienerschaft?"

"Nun, wir haben in der Küche noch Verbliebenes von gestern, immerhin wurde ein ganzer Ochse gebraten!"

Der bloße Gedanke daran ließ mir das Wasser im Munde zusammenlaufen.

"Was wir nicht lagern oder an das Vieh verfüttern können,

nehmen wir als Lohn für die Arbeit..."

Bei diesem letzten Satz beugte er sich mit vorgehaltener Hand leicht vor zu mir. "Aber verrate das ja niemandem!"

"Ich bitte dich, Konrad! Das ist euer Recht und ihr habt es euch redlich verdient. Sag, braucht ihr dort vielleicht eine helfende Hand?"

"Sprich mit den Mägden, ich muss nach oben."

"Mach es gut, Freund!"

Damit ließ sich arbeiten. Vor allem, wenn man die ein oder andere Magd schon kannte...

Nach dem Essen überkam mich die Müdigkeit und da es noch früh am Mittag war, beschloss ich, mir in meiner Kammer bis auf Weiteres etwas Ruhe zu gönnen und in den weiteren Tag hinein zu schlafen. So verstaute ich die mitgebrachten Stücke Trockenfleisch in meinem Reisebündel, legte mich flach auf mein Lager und schlief für eine ganze Weile fest und traumlos.

Als ich erwachte, wurde die Sonne bereits wieder schwächer und so beschloss ich nach einigen kurzen Lautenübungen, den König oder Konrad aufzusuchen, um Näheres über die Abendplanung zu erfahren.

Hermann hatte seinen Posten am Turmeingang scheinbar noch nicht bezogen und auch das allgemeine Treiben im Burghof war etwas weniger hektisch im

Vergleich zum gestrigen Nachmittag. Ich begrüßte das, aber dennoch konnte ich unter den vielen neuen Leuten weder Konrad noch König Daniel erspähen. Auf den Stufen des Bergfrieds fand ich dann wie immer ein paar grobschlächtige Wachen, die ihre Waffen über die Schulter hängen ließen und den ein- und ausgehenden Mägden plump hinterher riefen oder pfiffen. Wachen eben.

"Verzeiht, ich muss zum König. Könnt ihr mir wohl sagen, wo ich ihn zu dieser Stunde finden kann?"

"Pah! Der hat jetzt keine Zeit für Zigeuner wie dich!", dröhnte prompt einer von ihnen mit einer Stimme, die so viel Widerrede zuließ wie der Winter in den Nordlanden. Er warf den dabei den Kopf ruckartig zurück in den Nacken.

"Ist vor kurzer Zeit los und zeigt den Herren die Veste und das Drumherum...", sagte da ein Zweiter, der gelangweilt mit seiner Lanze spielte, ohne den Blick aufzurichten.

"Und die Königin?" Ich überging die Beleidigung zu Anfang.

"Hat ebenso wenig Zeit!", polterte das Raubein wieder, diesmal sogar noch entschlossener.

"Genau wie ich", gab ich zur Antwort. "Und du verschwendest sie..."

Dann machte ich auf der Stelle kehrt, ließ ihn dort stehen und ging geradewegs auf die nächste Magd zu, die vor der Brust einen großen Korb Birnen trug.

"Hallo, schönes Kind! Ich bin der Barde des Festes, könntest du Königin Orianne eine Nachricht von mir übermitteln?" Ich nahm an, dass die Königin in Abwesenheit ihres Gatten die Vorbereitungen des Festmahls überwachte. Und hatte Glück:

"Sie ist gerade bei uns Mägden in der Küche und schaut, dass wir auch tüchtig arbeiten."

"Ich bin mir sicher, ihr tut nur euer Bestes! Sei so gut und richte ihr bitte aus, Kaspar Feuerdahn steht vor der Tür und lässt fragen, wann heute Abend sein Spiel erwünscht ist. Das wird ihre Laune gewiss aufhellen!" Und Meine ebenfalls, denn so könnte ich möglichst lange am Feuer im Burghof bleiben, bevor ich zum Thronsaal müsste.

"Meinst du? Dann will ich es ihr ausrichten...", sagte sie gleichgültig und zuckte mit den Schultern, bevor sie weiterging ins Innere des Bergfrieds. Ich setzte mich auf die unterste Stufe möglichst weit von den Wachleuten entfernt und schaute mir eine Weile die Leute und ihr Treiben an, bis ich die warme Stimme der Magd plötzlich hinter mir hörte:

"Die Königin sagt, die Tafel ist eröffnet bei

Sonnenuntergang und, dass alle Gäste auch dann erwartet werden." Hier schwang womöglich ein wenig Unmut über mein etwas spätes Erscheinen gestern mit.

"Und ihre Laune hat das überhaupt nicht verbessert...", fügte sie noch trotzig hinzu, bevor sie sich zum Gehen wandte. Ich blickte wieder geradeaus.

"Das mache ich heute Abend auch selber... Schönen Dank!"

Kapitel 12

Ich stand auf. Zuviel Zeit zum Umtrunk mit meinen Freunden am Feuer blieb damit nicht, doch ich schlenderte trotzdem ziellos über den Hof in Richtung der Wagenburg in der Hoffnung auf ein vertrautes Gesicht. Und tatsächlich fand ich dort Alexander, Simon und weitere Bekannte der vergangenen Nacht und da auch ich erkannt wurde, gab es viele Hände zu begrüßen. Wie die Sonne mehr und mehr sank, so stieg unsere Laune und wir lachten und tranken auf die gute Zeit. Hier fühlte ich mich wohl und vergaß möglichen Groll der Königin ob meines etwas späten Erscheinens, launische, ungehobelte Zuhörer oder sonstige Sorgen. Hier war Harmonie, die man nicht kaufen kann und ich kostete damals wie heute dieses Glück voll aus.

Tatsächlich lag mein größtes Bedenken in dem vorzeitigen Abschied Richtung Westturm, um mit meinen Instrumenten diesmal zeitig zur Tafel zu erscheinen. Ein Schichtwechsel der Wachposten am Eingangstor half dabei, da ich so recht problemlos den gewünschten Zugang bekam im Gegensatz zum Mittag. Auf der Schwelle blickte ich noch einmal links über die Schulter:

Mit dem Scheiden der Sonne erwachten im Innenhof zahlreiche Lichter, auch das große Feuer auf der gegenüberliegenden Seite des Hofes war bereits gestellt und bereit, eine weitere Nacht der Ausschweifungen zu erleuchten. Beim Gedanken an meine Freunde und das bevorstehende Fest musste ich kurz grinsen und trat dann den Weg zur Wendeltreppe an.

Oben angekommen sah ich, dass sich erst ein Teil der Gesellschaft eingefunden hatte. Vor allem aber sah ich sie: Sie saß genau vor mir und richtete ihr Gewand, als mir ein unsichtbarer Geist zwei glühende Pfannen an die Wangen hielt, während mir ein Anderer einen Eiskübel über Nacken und Rücken entleerte. Ich erkannte sie sofort und traute mir auf dem Weg zur Ecke für die Instrumente nur einen raschen Blick aus dem Augenwinkel zu, der jedoch keine Beachtung von ihrer Seite fand. Vielmehr widmete sie sich voll und ganz ihrem fabelhaften Gewand, das in noch nie getragenem Gelb erstrahlte.

Mit leichtem Zittern verbarg ich meine Klangwerkzeuge – Laute, Flöte und Fidel – hinter dem Vorhang, während in meinem Kopf nur von einer Ecke zur Anderen das Bild von ihr und dem freien Platz zu ihrer Linken spukte. Das Königspaar war noch nicht eingetroffen. Dann blickte ich entschlossen auf, ging um die Tafel herum und setzte mich an genau jenen Platz. Als ich an ihr vorbeiging, strich sie sich durchs Haar und blickte fast schüchtern zu Boden.

Da sie jedoch weiterhin, wenn auch etwas zaghafter, mit ihrer Nachbarin redete, begutachtete ich erst einmal die sich füllende Tafel und füllte meinen Krug mit Met. Dann – gerade, als ich diesen besonderen ersten Zug des Abends nahm und genoß – fuhr sie plötzlich zu mir um und sagte:

"Und? Hast du dich erholt, Spielmann?"

Ihr Gesicht war wie ein Zauberspiegel. Vor allem, wenn sie lächelte so wie in diesem Moment. Ich beherrschte mich so gut es ging, stellte den Becher ab und drehte nur den Kopf leicht auf ihre Seite.

"Erholt? Das klingt, als sei ich verletzt worden..."

"Seid ihr das denn nicht?"

"Ich bin es gewohnt, dass Leute sich in mein Handwerk einmischen... es bewegt die Menschen und verändert sie. Und es verändert mich. Deswegen bin ich Spielmann. Spott von jemandem, der noch nie eine Laute in der Hand hatte, prallt daher an mir ab wie eine Welle am Fels."

Das Schmieden meiner Rachepläne ließ ich hier aus.

"Aber irgendwann trägt das Meer den Fels ab...", sagte sie

und hob hinreißend ihre Augenbrauen. Soweit hatte ich nicht gedacht, die Kleine war flink!

"Und irgendwann trocknet die Sonne das Meer aus. Gute Lieder wird man immer singen!" Bei diesem letzten Satz prostete ich mir selbst zu und grinste sie breit an. Es gefiel ihr und sie lächelte. Über dem Essen fragte sie mich viel über meine Herkunft und all die Reisen und Abenteuer während meiner Wanderjahre. Sie lachte herzlich und sprach gewandt.

Ihre vornehme Herkunft – sie gehörte über eine von Oriannes Schwestern zur Gesellschaft - war unverkennbar, aber nicht herablassend. Ich trat in ihr Leben und es gefiel ihr. Ich hatte geklopft, sie hatte aufgemacht und mich herein gebeten. Mein Herz klopfte stellenweise so stark, dass ich glaubte, sie musste es hören.

Inzwischen war neben dem Königspaar auch Biblimas eingetroffen, den ich herzlich begrüßte und zusagte für ein gemeinsames Spiel zu Beginn. Mit einem "Ihr entschuldigt mich..." nahm ich meinen Krug und verabschiedete mich vorerst von meiner neuen Herzensdame, holte meine Flöte und bestieg mit meinem Freund das steinerne Podest am Kopf der Tafel.

Das "Aber natürlich...", welches sie als Antwort gehaucht hatte, ließ meinen Gang aber noch etwas wackeln. Also setzte ich mich auf die oberste Stufe und musizierte mit Biblimas von Kleiberneim. Es ging wie von selbst:

Ich konnte einige seiner Stücke – die, die jeder Barde kennt – und seine genaue Spielweise ließ sich gut voraus deuten. Auch den Gästen und vor allem dem Königspaar gefiel die zwischen uns herrschende Harmonie, die Stimmung stieg an.

Ich überließ dann freudig dem guten Biblimas den Raum,

um der schönen Unbekannten, deren Namen ich noch immer nicht erfahren hatte, weiterhin näher zu kommen. Das Gespräch mit ihr war wie ein Tanz, bei dem ich stets darauf bedacht war, ihr nicht auf den Fuß zu treten und tölpelhaft zu erscheinen. Wir schwärmten von Mythen, der Natur und vielen anderen Dingen und sie lobte mein Spiel. Die Speisen waren köstlich, der Met schmeckte fast göttlich und ich war im Himmel.

Dann rief König Daniel mich zum Podest und ich kam freudig, wenn auch mit kurzem Blick auf den Teller von Drogan, den Bruder der Königin: Weintrauben und Schweinebraten. Gut.

Sein schelmisches Grinsen ließ ich bei ihm liegen – mehr schien er nicht zu haben – und begann meine Lieder mit vollem Mut. Je länger ich spielte, desto mehr Leute sangen. Ich gewann die Gesellschaft deutlich schneller als noch bei meinem ersten Spiel und bis zum heutigen Tag zähle ich jenen Abend zu meinen besten Nächten.

Selbst ein von mir bis zur Verzweiflung geübter Trick gelang mir auf diesem Höhenflug: In der Mär um den berühmten Robin Locksley schoss ich zum Abschluss einen langen, hölzernen Kochlöffel mit der obersten Saite meiner Laute gerade in die Luft, um ihn dann in der Achsel aufzufangen und langsam zu Boden zu sinken. Auf dem Rücken schlug ich dann als sterbender Widersacher des großen Robin Hood den letzten Griff an und hinterließ einen gröhlenden Saal.

Das Bild, als ich nach links zur Gesellschaft schielte über das vollends begeisterte Königspaar, den jaulenden Biblimas bis hin zu meiner schönen Nachbarin in stiller Entzückung, ist auf ewig eingebrannt in mein Hirn.

Ich spielte noch einige Lieder mehr und übergab dann an den nächsten Spielmann, um in die freudvolle Gesellschaft einzutauchen. Selbst Drogan, den seine Schwester bei Zeiten mit Blicken festgenagelt hatte, spendete hin und wieder Beifall, wenn auch spöttisch.

Als wäre ich selbst ein König, nahm ich meinen Platz neben der Schönheit ein und trank einen kräftigen Schluck Met gegen den Durst, als auch schon ihre Stimme an mein Ohr drang:

"Das war fabelhaft! Ihr seid wahrlich ein ausgezeichneter Spielmann! Und diese Kunststücke mit Feuer oder Kochlöffel ... wenn ich das meinem Gatten erzähle ... für verrückt halten wird er mich!"

Die Falltür ging auf, aber so schlimm war es nicht, denn ich wusste, dass sie da war und ich drauf stand. Und dennoch stürzte ich in die Tiefe.

Eine solche Schönheit von adeligem Stand wurde

natürlich mit einem Mann von mindestens gleichem Wert vermählt. Prinzen, Königssöhne, Herzöge. Fasste ich sie auch nur an, käme ich in den Kerker. Ich hatte mich zu sehr vom Träumen hinreißen lassen. Ein einfacher, lumpiger Spielmann würde nie im Kreis der Bewerber für eine solche Maid sein. Nie.

Ich blickte auf die tanzende Oberfläche in meinem Metkrug, als sie weiter von ihrem Angetrauten und seinem derzeitigen Feldzug erzählte und verbarg meine Enttäuschung so gut es eben ging. Auch weiterhin redeten wir angeregt miteinander, doch ich wäre ein Lügner, wenn ich behauptete, es wäre genau wie vorher gewesen. Und ich glaube auch sie spürte das.

So war ich dankbar, dass Biblimas sich neben mir niederließ und mit mir trank. Wir legten die Arme umeinander und feierten einen neuen Bund. Auch dankte ich dem Königspaar ausgiebig für meine Bleibe und die tolle Zeit auf Falkenstein bisher. König Daniel war sogar so angetan – wahrscheinlich auch ein Stück weit vom Wein – dass er mir einen zusätzlichen Lohn versicherte!

Und dann ergriff mich gerade, als ich um die Tafel herumging, diese Hand aus einem tiefen, dunklen Ärmel. Nicht fest, aber bestimmt.

Kapitel 13

Ich blieb stehen und blickte in ein alterndes, aber keineswegs gebrechliches Gesicht.

"Spielmann, das war eine reife Leistung! Viele dieser Lieder habe ich lange nicht gehört, ich danke dir."

Ich spürte seine Aufrichtigkeit und dahinter einen scharfen Verstand. Seine Augen verrieten es auf unbeschreibliche Weise.

"Es freut mich, dass ihr Gefallen gefunden habt! Worte wie diese sind mir mehr Lohn als alle Münzen, mein Freund."

"Oh, ich will Euch nur zu gerne gratulieren zu eurem Spiel! Vor allem das Lied über die Waldgeister von Krumau habe ich bloß einmal kunstvoller vorgetragen gesehen."

Ich horchte schlagartig auf. "So?"

Wir sprachen nicht sehr lange miteinander, aber dafür umso leidenschaftlicher. Vor allem, weil ich so viele Fragen stellte. Über den Zeitraum dieses Gespräches war die junge Prinzessin mit ihren Damen verschwunden, doch das kümmerte mich nur kurz.

Stattdessen dankte ich dem älteren Herren eifrig, merkte mir seinen Namen und machte mich aufgeregt mit meinen Sachen auf in Richtung Westturm zu meiner

Kammer, während im Saal noch gezecht wurde, wenn auch nicht mehr so stark wie zu Beginn.

Der Morgen würde schon bald grauen und während ich an der Mauer entlang huschte, sah ich, dass das Feuer an der Wagenburg noch immer hell brannte und von vielen Menschen umringt war. Auch Biblimas meinte ich kurz dort zu sehen.

Wenn mich das Leben auf der Wanderschaft und als umherziehender Spielmann eins gelehrt hat, dann, wie man seine sieben Sachen schnell beisammen packt. Ich blickte noch einmal durch den Raum, der mir doch ein Stück ein Zuhause geworden war, nahm den Ort noch einmal in mich auf und ging dann zum Feuer im Hofe. Hermann war scheinbar eingeschlafen und ich wollte ihn auch nicht wecken.

Am Feuer angekommen bemerkte ich dann schnell, dass die meisten meiner Kameraden doch schon zu Bette gegangen waren. Aber Simon war noch da und fiel auch gleich lautstark auf mich zu:

"Kaspar! Trink mit mir!"

Und so tranken wir und drehten uns im Kreis. Als ich ihm meinen Plan erzählte, tranken wir noch mehr. Wir lagen auf dem Rücken, blickten in die Sterne und dann sagten wir uns auf Wiedersehen. Ich schaute ihm nach, als er in Richtung der Ställe den Abhang hinab wankte und musste mit einem Auge lachen und dem Anderen weinen. Dann schnürte ich mein Bündel in meiner Kammer zusammen, schoß dreimal mit der Schleuder aus dem Fenster, bis ich den Stamm der Eiche traf und erspähte beim Verlassen des Turmes Konrad am Brunnen, den ich den ganzen Abend nicht gesehen hatte. Er machte große Augen ob meines Anliegens und ich verstand, dass er mir ohne Erlaubnis des Königs lediglich 250 Heller frei auszahlen konnte und verabschiedete mich auch von ihm herzlich.

"Mach dir von dem Rest ein paar schöne Abende!", rief

ich ihm lachend zu und ging dann zum Burgtor, wo bereits die ersten Karren und Bauern eintrafen. Dort fand man immer einen, der für ein paar Heller in die nächste Stadt fuhr. Bevor ich mit Rino aus den Ställen ritt, wo auch die Knappen und Stallburschen scheinbar gut gezecht hatten, stieg ich dann nach kurzem Zögern nochmal ab und griff in die Tiefen meiner Reisebündel.

Als ich zum Tor zurückkam, hatte der Bauer, mit dem ich die Abmachung getroffen hatte, die Fässer schon entladen und musste lediglich eine Ladung frischen Heus auf seinen Karren packen, um damit die Burg wieder zu verlassen. Ich ging ihm dabei rasch zur Hand und eilte noch schnell zurück zum Brunnen, um meinen Trinkbeutel für die Reise zu füllen.

Als ich Wasser schöpfte, sah ich eine Gruppe von vielleicht acht jungen Frauen etwas vor mir stehen in dem langsam belebteren Hof. Wie durch eine fremde Macht gezogen wanderte mein Blick zu der Ecke des Platzes und traf das Gesicht der noch immer namenlosen Schönheit. Sie trug ein weißes Seidenhemd und ihre Haare waren kunstvoll zurückgebunden. Ich hatte sie so noch nicht gesehen und ihr Anblick raubte mir für einen Moment den Atem.

Ob sie mich gesehen hat, weiß ich nicht, doch ich lief los, den leichten Abhang hinab zu dem Bauern. Mit der Schönheit im Rücken kam es mir nun vor, als watete ich durch hüfthohes Wasser. Einmal blickte ich zurück, bevor ich mein Bündel auflud, Rino am Karren anband und mich dann rücklings ins Heu warf.

Ich atmete noch einmal tief die Falkensteiner Luft ein und schaukelte dann gemächlich durch das Burgtor, wo ich die Steine über mir nochmal genau betrachtete. Ich grinste wieder in die Wolken, nachdem Ulle meinen leicht spöttischen Rittergruß mit einem finsteren Blick erwidert hatte.

Als die Veste langsam in die Ferne rückte, dachte ich an die Leute, die ich kennengelernt hatte und die noch dort waren:

An Simon, der jetzt sicher seinen Rausch ausschlief und Alexander. An Hermann, den Wärter und den fleißigen Konrad.

Ein wenig Wehmut überkam mich ob des plötzlichen Abschied und dem Ende des Festes. Ich würde hier nicht die nächsten Wochen des erstarkenden Sommers sehen. Und ich würde nicht mitbekommen, ob Drogan sich tatsächlich auf der heutigen Jagd sein Wams bis zum Halse voll scheißen würde wegen des Rhabarbar-Schwefelgemischs, welches ich heimlich in seine Jagdflasche gemischt hatte. Wahrscheinlich würde ich die namenlose Schönheit nie wieder zu Gesicht bekommen und ihr Antlitz langsam in meiner

Erinnerung verfallen.

Ich würde nicht sehen können, wie König Daniel die Zeilen auffassen würde, die ich auf die Rückseite der Jagdeinladung an meiner Tür geschrieben hatte. Über meine plötzliche Abreise und den Verzicht auf einen Teil meines Lohnes, weil ich etwas so viel Wertvolleres auf Falkenstein gefunden hatte.

Ich griff in meine hintere Tasche und zog ein hastig beschriebenes Pergament hervor:

Ein Musiker, strohblondes Haar, sechs Fuß groß, eine Narbe an der linken Hand und ein rotes Tuch um den rechten Arm...

Von ähnlichem oder gar demselben Rot wie das Band um meine Stirn. Ich schloss die Augen, meine Lider wurden feucht und vergangene Bilder tauchten auf.

An jenem Morgen suchten alle nach den Spuren des Bären. Bei den Felsen, wo man seine Höhle vermutete und im dichten Unterholz. Ich allein ging zum Lagerplatz der Zigeuner und fand ihn leer. Alles, was geblieben war, war jenes Band, welches im nahen Gebüsch um einen Zweig gebunden war. Abgesehen davon fehlte jede Spur. Ich fuhr mir in die Haare und befühlte es, während der Karren langsam weiter polterte.

Nur wenige Tage später erfuhr Vater von uns und den

Zigeunern und scherte mich – auch aus Groll über den verlorenen Sohn – aus der Mühle und zum Teufel. Und so zog ich los.

Weit über mir zog ein Falke, der von der Veste geflogen kam und den ich zum ersten Mal bemerkte, langsam und majestätisch seine Kreise und schwebte dann weiter über den Wald. Falkenstein war nun schon kleiner und ich blickte nochmals auf das Pergament: Es war möglich...

Es würde ein weiter Weg werden, doch es war möglich. Gott weiß, wie ich durch die Wolfsschlucht kommen sollte, doch sie würden mich nicht abhalten. So wie der Bär ihn nicht abgehalten hatte.

Noch ein letztes Mal blickte ich auf die verschwindende Veste Falkenstein, als wir gerade den Waldanfang erreichten und dann zum Himmel.

Ich würde meinen Bruder suchen.